**Coleção «Uma Aventura»
– volumes publicados:**

1. Uma Aventura na Cidade
2. Uma Aventura nas Férias do Natal
3. Uma Aventura na Falésia
4. Uma Aventura em Viagem
5. Uma Aventura no Bosque
6. Uma Aventura entre Douro e Minho
7. Uma Aventura Alarmante
8. Uma Aventura na Escola
9. Uma Aventura no Ribatejo
10. Uma Aventura em Evoramonte
11. Uma Aventura na Mina
12. Uma Aventura no Algarve
13. Uma Aventura no Porto
14. Uma Aventura no Estádio
15. Uma Aventura na Terra e no Mar
16. Uma Aventura debaixo da Terra
17. Uma Aventura no Supermercado
18. Uma Aventura Musical
19. Uma Aventura nas Férias da Páscoa
20. Uma Aventura no Teatro
21. Uma Aventura no Deserto
22. Uma Aventura em Lisboa
23. Uma Aventura nas Férias Grandes
24. Uma Aventura no Carnaval
25. Uma Aventura nas Ilhas de Cabo Verde
26. Uma Aventura no Palácio da Pena
27. Uma Aventura no Inverno
28. Uma Aventura em França
29. Uma Aventura Fantástica
30. Uma Aventura no Verão
31. Uma Aventura nos Açores
32. Uma Aventura na Serra da Estrela
33. Uma Aventura na Praia
34. Uma Aventura Perigosa
35. Uma Aventura em Macau
36. Uma Aventura na Biblioteca
37. Uma Aventura em Espanha
38. Uma Aventura na Casa Assombrada
39. Uma Aventura na Televisão
40. Uma Aventura no Egito
41. Uma Aventura na Quinta das Lágrimas
42. Uma Aventura na Noite das Bruxas
43. Uma Aventura no Castelo dos Ventos
44. Uma Aventura Secreta
45. Uma Aventura na Ilha Deserta
46. Uma Aventura entre as Duas Margens do Rio
47. Uma Aventura no Caminho do Javali
48. Uma Aventura no Comboio
49. Uma Aventura no Labirinto Misterioso
50. Uma Aventura no Alto Mar
51. Uma Aventura na Amazónia
52. Uma Aventura no Pulo do Lobo
53. Uma Aventura na Ilha de Timor
54. Uma Aventura no Sítio Errado
55. Uma Aventura no Castelo dos Três Tesouros
56. Uma Aventura na Casa da Lagoa
57. Uma Aventura na Pousada Misteriosa
58. Uma Aventura na Madeira
59. Uma Aventura na Conímbriga
60. Uma Aventura no Palácio das Janelas Verdes
61. Uma Aventura no Fundo do Mar
62. Uma Aventura Voadora
63. Uma Aventura em Noite de Tempestade
64. Uma Aventura nas Arábias

a publicar:
65. Uma Aventura na Quinta dos Enigmas

Ana Maria Magalhães
Isabel Alçada

no Porto

Ilustrações de
Arlindo Fagundes

CAMINHO

24.ª edição

Título: Uma Aventura no Porto
Autoras: Ana Maria Magalhães e Isabel Alçada
© Editorial Caminho, SA, 2011
Ilustrações: Arlindo Fagundes
Fotografias da Torre dos Clérigos: Francisco Queiroz

1.ª edição: 1985
24.ª edição: março de 2022 (reimpressão)
Pré-impressão: Leya
Impressão e acabamento: Multitipo
Depósito legal n.º 421 662/17
ISBN 978-972-21-0012-0

Editorial Caminho, SA
Uma editora do grupo Leya
Rua Cidade de Córdova, 2
2610-038 Alfragide – Portugal
www.caminho.leya.com
www.leya.com

Todos os direitos reservados
de acordo com a legislação em vigor

*Aos queridíssimos
Manel Maria,
Isabel Maria, António Maria,
Francisco Diogo, Joaquim Pedro, Carocha,
Miguel, Filipe e Zé Pedro*

Capítulo **1**

Amigos novos

«Za... Za... Zan... Za... Za... Zan... Za... Za... Za... Zan...»

O comboio avançava rápido por uma planície verdejante. O Pedro e o Chico olhavam pela janela, observando os riscos da paisagem que corriam no vidro. A Teresa e a Luísa, pelo rabo do olho, miravam a outra ocupante do compartimento. Era uma rapariga morena, de olhos castanhos, com ar rijo e desembaraçado, que devia ter mais ou menos a idade delas. Estavam todos mortos por meter conversa, tanto mais que tinham algo em comum: a rapariga também levava consigo um cão. Era preto e de pelo encaracolado. Tal como o *Faial* e o *Caracol*, ia açaimado e muito quietinho.

Foi o João quem acabou por quebrar o gelo.

— Como se chama o teu cão? — perguntou de chofre.

— *Boxie*. É um cão-d'água. E os vossos?

— *Faial* e *Caracol* — responderam em coro.

— *Caracol* deve ser este pequeno e branco, não?

— Claro! É um caniche.

— Eu sei. Adoro cães e tenho até um livro muito completo sobre raças. O grande é um pastor-alemão — acrescentou, para ilustrar os seus conhecimentos. A partir daí, a conversa animou bastante. Viajava-se confortavelmente naqueles compartimentos de seis pessoas sobretudo estando à vontade com todos os passageiros. Apesar de irem com as pernas encolhidas, para dar espaço para os dois cães, pois o *Caracol* aninhara-se ao colo da Teresa, gostavam de estar ali.

A rapariga chamava-se Rita e também ia para o Porto. Muito simpática e comunicativa, não tinha papas na língua! Contou logo que ia para casa de uma tia-avó muito velhinha passar o resto das férias.

— Os meus pais vão amanhã para a Áustria — explicou.

— E tu não te importas de ir assim para casa de uma pessoa tão velha?

— Eu? Adoro! A casa da minha tia é pegada com a dos meus primos. Passa-se de um jardim para o outro por uma cancela. Estou sempre com eles e divirto-me imenso.

— Se calhar têm um grupo!

— Adivinhaste! Até temos vários grupos. A casa não é bem no Porto, é na Foz...

— Na Foz? Na Foz de quê?

— Do Douro, claro! — disse ela, rindo.
— Cá para mim, é a zona mais gira do Porto.
— Então afinal essa Foz é no Porto, ou não é no Porto?
— É!... É e não é. Quer dizer, antigamente já ficava fora da cidade, mas agora está pegado.
— Nós não conhecemos bem o Porto, sabes? — disse a Teresa.
— Eu também não. Venho para cá desde pequena, mas ali na Foz há tudo: praias, ténis, amigos, festas... acabo por só ir ao centro do Porto muito raramente.
— O que era divertido era se a casa dos tios do Pedro, para onde nós vamos todos, fosse também na Foz. Podíamos encontrar-nos!
— Tira daí o sentido, João! A casa dos meus tios é ao pé do Estádio de futebol.
— Lá por isso — disse a Rita —, podem vir ter comigo. Tomam um autocarro, um elétrico, sei lá! O que for preciso. Ou tencionam passar as férias metidos em casa?
— Claro que não. E queremos ir à praia, que ainda está bom tempo.
— Então, pronto! Está combinado. Vão ver que os meus primos são divertidíssimos. E organizam montes de programas.

O comboio diminuía agora de velocidade. Aproximava-se da estação de Coimbra. Na plataforma agitavam-se novos passageiros, a maio-

ria homens de negócios vestidos de escuro, com uma pasta na mão para transportar documentos.

— Lembram-se de quando desembarcámos aqui, para seguirmos para o acampamento? ([1]) — perguntou a Teresa com um suspiro saudoso.

— Claro que nos lembramos. Aquela aventura nas minas foi sensacional!

— E deixou certos vestígios que eu cá sei! — brincou o Chico, olhando a Teresa de soslaio. — Não foi, Teresa?

— Ora! Não armes em parvo.

— A partir dessa altura é que a Teresa passou a adorar aqueles bolos do Algarve, chamados dom rodrigo... Foi ou não foi, Teresa?

— Se continuas com esta conversa, mudo de carruagem! — declarou a Teresa, cruzando os braços muito carrancuda.

A Rita percebeu que ali havia «romance», mas que era melhor desviar o assunto, pois a gémea estava mesmo a ficar chateada. E decidiu distraí-los, pedindo:

— Se vocês me dessem a vossa morada e o número do telefone? Eu podia contactá-los e combinavam ir lá ter a casa, ou à praia — sugeriu o Pedro.

As gémeas tiraram prontamente um bloco de notas do saco e puseram-se a escrevinhar.

([1]) *Uma Aventura na Mina*, n.º 11 desta coleção.

— Se fôssemos comer qualquer coisa? — propôs o Pedro. — Estou cá com uma traça...

— Qual era a tua ideia?

— Vamos ao bar.

— Eu, cá por mim, alinho. Podemos comer uma sanduíche a meias! — disse a Teresa à irmã.

— E tu, Chico, queres comer a meias comigo? — perguntou o João.

— Eu querer, queria. O pior é que tenho tanta fome que era capaz de comer duas ou três sanduíches e não me fartava...

— Vocês, também, atiraram-se ao meu farnel mal o comboio saiu de Lisboa! Ainda não tínhamos passado em Vila Franca de Xira, já tinha marchado tudo!

— Parem lá com essa conversa sobre comida e vamos mas é ao bar.

— E os cães?

— Ficam aqui.

A Rita foi a última a levantar-se. Fez uma festa ao *Boxie* e puxou a porta de comunicação entre as carruagens. Em fila indiana, lá foram direitos ao bar.

O comboio, àquela velocidade, obrigava-os a cambalear. E era divertido! Dava quase a sensação de irem de barco.

À frente, o João deixava-se cair, ora para um lado ora para o outro. Os outros imitavam-no, exagerando a perda do equilíbrio.

«Za... Za... Zan... Za... Za... Za... Zan...»

Capítulo **2**

A chegada

— Agora, preparem-se para uma experiência inesquecível — disse o Pedro aos amigos com um sorriso gozão. — Vamos atravessar a Ponte Dona Maria.

— O que é que tem de extraordinário? — perguntou o Chico. — Atravessar uma ponte de comboio parece-me até bastante banal.

— Isso é o que tu julgas...

O Pedro recostou-se para trás, ajeitou os óculos no nariz e sorriu de novo, enigmático.

Os outros olharam para ele à espera que se explicasse. Só a Rita, pelos vistos, sabia o que o Pedro ia dizer, pois riu-se, afagando o *Boxie*.

— Vá, Pedro! Conta lá a tua história para ficarem todos assustados.

— Esta ponte já devia ter caído! — começou ele, pachorrento.

— O quê? Estás parvo?

— Não estou nada. Quem fez os planos desta ponte foi o Eiffel, o francês que também fez aquela torre de metal que é o símbolo de Paris.

— A Torre Eiffel! — ajudou a Rita, divertida.
— E isso que tem?
— Tem muito. A ponte ficou pronta em 1877, e ele disse que só garantia cem anos de duração. Ora, os cem anos já passaram.
— Por isso, a ponte pode cair a qualquer momento — interrompeu a Rita. ([1])
As gémeas levantaram a cabeça, incrédulas.
— Não acredito — declarou o João. — Vocês estão a inventar.
— Não estamos, não. Até há muita gente que sai do comboio em Vila Nova de Gaia e apanha um táxi para o Porto. Os carros vão por outra ponte.
— Palavra?
— Palavra — continuou o Pedro. — Qualquer dia desmancha-se, o comboio precipita-se no rio Douro, morre imensa gente e a notícia vem na primeira página dos jornais. «Desastre espetacular faz numerosas vítimas» — acrescentou, com voz cavernosa.
— Não sejas parvo! — disse a Luísa, já um pouco assustada. — Isso com certeza é invenção.
— Ai é invenção? Então vais ver como o comboio abranda daqui a nada...

([1]) A ponte D. Maria ainda existe mas atualmente os comboios já passam por outra ponte por motivo de segurança.

Pela janela, puderam de facto verificar que, mal o comboio abandonou a terra firme, a velocidade diminuiu consideravelmente... Com o coração nas mãos, nem repararam na vista magnífica que o Porto oferecia do lado de lá do rio. O contacto do comboio com a ponte provocava uma guincharia infernal. Os ferros vibravam, rangiam, como se se fossem desconjuntar a todo o momento. Lá em baixo, o rio, impávido e sereno, tornara-se sinistro. Parecia prontinho a engolir as vítimas do desastre num ápice, continuando depois a correr para o mar como se nada tivesse acontecido.

— Sabem o que acontece sempre que passa aqui um comboio? — perguntou o Pedro, limpando os óculos para reforçar a sua atitude de indiferença.

— O que é? — O João, de olhos arregalados, segurava com força a coleira do *Faial*, que se tinha posto a rosnar baixinho.

— Caem para aí cem parafusos! Plof... Plof... Plof...

— Oh, Pedro! Que estúpido!

Já iam todos de pé, virados para a janela, e ansiosos que acabasse aquela tortura!

«Para a próxima vez, não me apanham nesta ponte! Vou de táxi! Vou de táxi!», pensava a Luísa, muito encarnada.

Só se tornaram a sentar quando saíram da ponte. E que suspiro de alívio! Foi então que os que vinham ali pela primeira vez olharam o Porto com olhos de ver. E que bonita cidade! Banhada pelo sol quente e dourado de setembro, acolhia-os em todo o seu esplendor. Era sem dúvida uma terra com personalidade.

Pelo microfone, soou um aviso roufenho.

«Atenção, senhores passageiros... dentro de momentos o comboio vai entrar na estação do Porto-Campanhã...»

Já passava gente carregando malas. O Pedro e o Chico retiraram a bagagem das redes.

As gémeas deram uma olhada à carruagem onde tinham viajado. Pareceu-lhes, de súbito, diferente.

Umas migalhas de bolacha no banco, um pacote de batatas fritas já vazio, amachucado, um cheiro forte e característico a comboio. Já não tinha nada que ver com eles. Já não era presente, era passado.

Um solavanco final e o comboio parou.

Tiveram de esperar a sua vez para sair, e as despedidas foram bastante atabalhoadas.

— Adeus, Rita!
— Telefono amanhã!
— Não te esqueças!
— Telefona hoje para combinarmos melhor!
— Adeus!

Na plataforma, os primos da Rita envolveram-na com a maior algazarra. Ela afastou-se no meio deles, acenando risonha.

Um homem alto e magro, já ligeiramente careca, de *blaser* escuro, aproximou-se do grupo.

— Tio Eduardo! — exclamou o Pedro, de braços abertos.

— Ora ainda bem que chegaram...

Enquanto se processavam as apresentações, o tio Eduardo foi analisado de ponta a ponta por quatro pares de olhos impiedosos. Face a um adulto, era assim: estavam logo prontos a criticar. Mas não havia motivo, pelo menos para críticas negativas. O tio Eduardo era uma espécie de Pedro muito mais velho. A mesma figura esguia, a mesma expressão doce, até os óculos eram do mesmo formato.

Não havia dúvida de que estava contente de os ver. E recebeu entusiasticamente os cães. Não fez perguntas parvas, passou o braço à volta dos ombros do Pedro e, encaminhando-os para a saída, foi perguntando:

— Então, Pedro, como está a tua mãe? Sabes que ela foi sempre a minha irmã preferida? É a mais nova...

No parque de estacionamento, aguardava-os uma carrinha cinzenta. Instalaram-se ainda com uma vaga cerimónia. Mas a cerimónia desapareceu logo que se puseram em andamento. O tio guiava à doida! Pelas ruas do Porto, estreitinhas e cheias de movimento, era incrível que alguém se atrevesse a acelerar daquela maneira. A Teresa e a Luísa iam hirtas, no banco de trás! O João ria baixinho, mas de nervoso. Só o Chico adorou a experiência. Quanto mais depressa, melhor!

— Este carro puxa bem! — comentou, com um sorriso de orelha a orelha.

— E isto é a carrinha — disse-lhe o tio, fitando-o pelo retrovisor. — Se gostam de velocidades, têm de dar uma volta no meu carro descapotável.

— Nós não gostamos! — disseram logo as gémeas.

— Então não vão!

Já deviam estar perto, pois contornavam agora o Estádio numa zona de moradias e alguns prédios não muito altos.

A carrinha fez uma curva apertada e enfiou por um jardinzinho mal cuidado, detendo-se em frente à porta da garagem.

A janela das traseiras abriu-se de par em par, e uma cabeça de mulher assomou:

— Ora vivam! Ora vivam!

— É a tua tia? — perguntou o Chico ao Pedro.

— Não... — balbuciou o Pedro. — A... Quer dizer, é! Acho que sim.

Capítulo 3

Instalados no Porto

— O melhor é arrumar isto tudo no armário, senão o quarto fica uma bagunça! — disse a Teresa, olhando o monte de roupa que tinham despejado em cima da cama.

— E o armário está vago?

— Está, olha!

O armário era um guarda-vestidos antigo, muito grande, com porta de espelho. A porta guinchou ligeiramente, deixando a descoberto o interior, de madeira encerada. Continha apenas dois cobertores dobrados, almofadas e um velho roupão de fazenda. Cheirava um pouco a naftalina, pois no varão estavam pendurados dois saquinhos cheios de bolas para afugentar as traças.

A voz da tia Inês interrompeu-as, surgindo do corredor com vários lençóis nos braços.

— Precisais de cruzetas? — perguntou.

As gémeas entreolharam-se. Cruzetas? O que seriam cruzetas?

Perante o olhar perplexo das gémeas, a tia deu uma gargalhada.

— Já sei! Não conhecem o termo! Em Lisboa, chamam cabides às cruzetas...
— Ah! É isso!
— Precisam, não precisam? Já vou buscar. Entretanto, vão fazendo as vossas camas. Têm aí lençóis e travesseiras.

Com ar despachado, deixou-lhes a roupa em cima da cama e saiu.

— Esta senhora é um gozo! — comentou a Teresa.
— É tão engraçada a maneira de falarem aqui no Porto, não é?
— É, é!
— Então, enquanto esperamos pelas «cruzetas» — disse a Luísa, como quem saboreia uma palavra nova —, toca a fazer a cama. Fica tudo pronto, que é melhor.

Os rapazes ficavam instalados numa saleta ao fundo do corredor. Era um género de casa de costura, obviamente pouco utilizada, onde havia dois divãs e um sofá-cama, monstro de grande, com linhas fora de moda e o estofo bastante gasto. Eles despacharam-se mais depressa, porque resolveram não abrir os sacos nem fazer as camas senão à noite.

Não tardou muito que estivessem todos cá em baixo, à volta da mesa da cozinha. A tia afadigava-se, para lhes deixar um lanche, pois tinha de sair. Frenética, abria e fechava as portas dos armários.

— Ora que esta... mas onde é que eu meti os malvados dos biscoitos? Estavam aqui! Se calhar deixei-os na loja! Olhem, paciência! Comam pão com queijo. E limonada! Há aqui uma jarra no frigorífico — com um gesto rápido, deitou a mão ao puxador e, assim que abriu o frigorífico, largou à gargalhada: — Olhem só! Olhem só! A minha cabeça! Meti os biscoitos no frigorífico. Devem estar húmidos e moles!

Sempre com a mesma disposição alegre e descontraída, colocou o pacote de papel em cima da pedra, tirou a guita e mostrou.

— Não devem estar grande coisa, mas é o que há! Agora sirvam-se do que encontrarem, podem «limpar» o frigorífico, se lhes apetecer! Eu tenho é de me ir embora, que estou atrasadíssima. Vou à inauguração de uma exposição de pintura, a exposição da minha amiga Aurélia! Tenho de lhe ir dar apoio!

— Não se preocupe connosco... — dizia o Pedro quando o telefone tocou. A senhora precipitou-se para a entrada, e voltou poucos segundos depois.

— É para vós! Uma Rita Alves... Isto é que são populares aqui no Porto, hã? Ainda agora chegaram e já têm telefonemas!

A Teresa correu a atender, e a tia Inês despediu-se.

— Até logo! — gritou, batendo com a porta da rua.

O João começou a tirar os copos da prateleira e o Chico pôs-se a servir limonada.

— Isto está irreconhecível! — disse o Pedro, olhando em volta. — Não era nada assim!

— Mas, afinal, o que é que se passa? Tu não conhecias a tua tia, mas conhecias a casa? — perguntou-lhe a Luísa.

— É que esta tia Inês é a segunda mulher do meu tio Eduardo. A primeira chamava-se Rosalina, era cá uma chata!

— Esta é amorosa!

— Por acaso, é. O meu tio teve sorte.

— Mas a outra mulher morreu?

— Não, divorciaram-se há uns anos.

— E não tinham filhos?

— Não. Viviam aqui só os dois, mas a gente quase nunca cá vinha. Ela não tinha paciência para receber ninguém, porque tinha a mania que lhe sujavam a casa, que faziam barulho, era daquelas pessoas que está sempre estafada e não se percebe porquê.

— Então não trabalhava?

— Não. Era engenheira química mas, quando casou, ficou só dona de casa. Sabem o que é que me lembro mais de a ouvir dizer?

— O que era?

— «Schut! Está caladinho, meu filho! Está caladinho» — disse o Pedro, aflautando a voz.

— Que neura de senhora!

— Pois era. Mas esta é uma alegria! É pintora, trabalha no Museu Soares dos Reis, adora miúdos...

— E também não tem filhos?

— Tem uma filha com dezanove anos, do primeiro casamento. Está em Londres, com uma bolsa de estudo da Gulbenkian, a estudar *ballet*. Quer seguir a carreira artística. Foi até por isso que a tia Inês nos convidou. Disse que tinha saudades de ouvir barulho cá em casa porque a filha, quando cá estava, tinha sempre a casa cheia de amigos.

— E ainda bem. Espero divertir-me muito aqui no Porto.

— Enquanto vocês comem, vou ao jardim ver o *Faial* e o *Caracol* — disse o João, com a boca cheia de biscoitos.

— Espera aí! — disse a Teresa, que entrava nesse momento na cozinha. — Tenho notícias frescas!

— O que é que queria a Rita?

— Quer que a gente vá amanhã ter com ela à Praia dos Ingleses, que é na Foz. Diz que os primos nos querem conhecer e que têm uma surpresa.

— Que surpresa?

— Não sei. Não consegui obrigá-la a dizer-me.
— Isto começa bem! — declarou o Chico. — E, para festejar, bebo mais um copo de limonada!

Capítulo **4**

Um grupo sensacional

Depois de terem estado no Algarve (¹), aquela praia pareceu-lhes realmente diferente! A areia era mais grossa, misturando-se com umas pedrinhas minúsculas, muito redondinhas. Uma brisa fresca corria do mar, cujas ondas rebentavam com estrondo, deixando orlas de espuma na areia molhada. A água era gélida, e provocava um formigueiro nas pernas, fazendo doer o corpo ao primeiro contacto. Além de toldos, havia também uma fileira de barracas de lona, às riscas. Talvez por estarem em setembro, não estava muita gente na praia. Foi fácil encontrar o grupo da Rita. Estavam deitados de barriga para baixo, as cabeças formando círculo. A conversa corria animadíssima. Assim que os viu, a Rita levantou-se e correu para eles, acompanhada pelo seu cão *Boxie*.

— Olá! Ainda bem que chegaram...

O *Faial* e o *Caracol* desandaram pela praia, radiantes.

(¹) *Uma Aventura no Algarve*, n.º 12 desta coleção.

— Venham conhecer os meus primos. E não só! Tenho aqui muitos amigos também!

O grupo recebeu-os com a maior cordialidade. Apesar disso, instalaram-se no meio deles ainda um pouco intimidados. Era difícil integrarem-se logo às primeiras, sobretudo num grupo assim, de amigos de longa data.

As atenções concentravam-se num livro antigo, que um dos rapazes tinha na mão.

A Rita explicou-lhes em poucas palavras de que é que se estava a falar.

— O Daniel trouxe este livro para a praia, porque fala de um túnel que ele acha que descobriu...

— Um túnel?

— Sim! Era esta a surpresa de que vos falei — acrescentou, em voz um pouco mais baixa. — Estamos a combinar tudo para ir fazer uma exploração. Mas ele pediu segredo...

O Daniel, apercebendo-se do que estavam a dizer, pousou o livro e olhou para eles. Era um pouco mais velho que os outros, de cabelo escuro muito ondulado e olhos azuis. Não era propriamente bonito, mas era atraente.

— Olhem lá, a Rita já me disse que vocês são um grupo baril... e que querem alinhar connosco. — Os cinco anuíram, com um sorriso ainda contraído. E ele continuou: — Eu e o meu irmão descobrimos ali para as bandas da antiga fábrica de Massarelos a entrada de um subterrâneo que vamos explorar amanhã à noite. Vocês podem vir, mas não falem nisto a ninguém.

O Chico teve vontade de perguntar por que é que não podiam falar no assunto a ninguém, mas receou que o julgassem incapaz de guardar segredos. No entanto, ir explorar um túnel não lhe parecia ter nada de extraordinário. Mas o outro esclareceu logo este ponto.

— Se descobrem o que vamos fazer, provavelmente impedem-nos. Sabem como são os adultos, acham tudo perigoso...

— Mas esse túnel vem aí mencionado, ou quê? — perguntou o Pedro, curioso.

— Vem. De certo modo, vem. Fala aqui do túnel como se fosse uma lenda.

Os outros já deviam ter ouvido a história, mas continuaram em atento silêncio. Pelos vistos não se importavam de a ouvir outra vez. Devia ser interessante!

O Daniel, com a palma da mão aberta sobre as páginas, explicou:

— Em 1808, um general francês, chamado Soult, invadiu Portugal a mando de Napoleão. Foi a segunda invasão francesa.

— E dirigiram-se aqui para o Porto? Foi?

— Foi. Soult dirigiu-se ao Porto e derrotou os portugueses com facilidade. O povo tentou fugir pela única ponte que havia aqui sobre o rio

Douro, a Ponte das Barcas. E foi uma catástrofe, querem ver?

O Daniel tirou a mão de cima da gravura e virou o livro para eles.

A ponte era um estrado de madeira assente em barcas. Por ali se circulava habitualmente.

Mas a imagem era impressionante! Uma verdadeira turba de gente aflita precipitava-se em fuga pela ponte, comprimindo-se uns aos outros. Com o pânico, ninguém deu conta de que estavam abertos alçapões a meio do estrado. Assim, os primeiros caíram por ali abaixo e os seguintes, empurrados de trás, caíram também.

— Veem? A fugir de Soult, pela Ponte das Barcas, afogaram-se no Douro centenas de pessoas. [1]

— Mas por que é que estavam abertos os alçapões? — perguntou a Luísa, apontando o centro da gravura.

— É que o bispo do Porto e algumas autoridades, quando fugiram, mandaram abrir os alçapões para que os franceses, se conseguissem conquistar a cidade, não pudessem segui-los. E afinal provocaram este desastre.

— Isso o que é que tem a ver com o túnel?

— Tem muito. Soult e os soldados franceses ocuparam o Porto durante quarenta e três dias.

---

[1] O desastre da ponte das Barcas é um facto histórco.

Mas sabiam que vinha outro exército português, ajudado por ingleses, para os combater.
— E depois?
— Depois, o Douro! A história do Porto está sempre ligada ao rio. Soult mandou destruir a Ponte das Barcas e passar todas as embarcações para a margem norte. Pensou que assim, sem ponte nem barcos, o exército português e inglês não conseguia atravessar o rio. E ficou descansado.
— Não me digas que eles entraram por um túnel! — exclamou o Pedro.
— Ah! Ah! É isso mesmo. Ninguém sabe ao certo ainda hoje como foi feita a travessia. Mas querem ver o que diz aqui neste livro?
Com voz pausada, o Daniel leu alto:
— «[…] Os franceses não podiam acreditar no que os seus olhos viam! Sem ponte nem barcos, o primeiro contingente do exército já estava do lado de cá... ocupava o monte do seminário. A surpresa e o susto contribuíram para os franceses se desorganizarem! Sempre corajosa, a população de Miragaia e Massarelos aproveitou imediatamente para se lançar ao rio nas suas barcaças e ir buscar assim o resto do valoroso exército que iria sacudir o jugo francês, libertando a cidade do Porto... Mas uma dúvida ficará para sempre na memória de todos. Como conseguiram os primeiros atra-

vessar o rio Douro? Diz a lenda que um túnel profundo e sinuoso penetra na terra e liga as duas margens por baixo do rio. Existirá mesmo este túnel? Quem pode ter construído em época recuada obra tão gigantesca? Por que não falaram nisso os soldados depois da batalha ganha? Estas e outras perguntas estão hoje ainda sem resposta. Talvez as gerações vindouras possam encontrar a solução deste mistério, descobrindo e dando a conhecer a todos os do seu tempo o lendário túnel do Douro!»

O Daniel parou de ler e fitou os amigos de olhos brilhantes.

— Tu achas que descobriste esse túnel por baixo do rio? — perguntou o Chico, com respeito.

— Acho. Aqui fala na população de Massarelos e no monte do seminário. Outro dia, fui àquelas bandas com o meu irmão jogar à bola. Ele deu um pontapé mais forte e a bola... desapareceu! Procurámos, procurámos... e, de repente, olha! Não encontrámos a bola, mas a boca de um túnel.

— Não poderá ser outra coisa? — perguntou o João. — Uma toca de bicho, ou assim!

— Ah! Ah! Ah! Havias de ver a toca de bicho! O túnel é todo feito em lajes de granito e até tem umas argolas de ferro para servirem de degrau...

— E vocês entraram lá dentro?

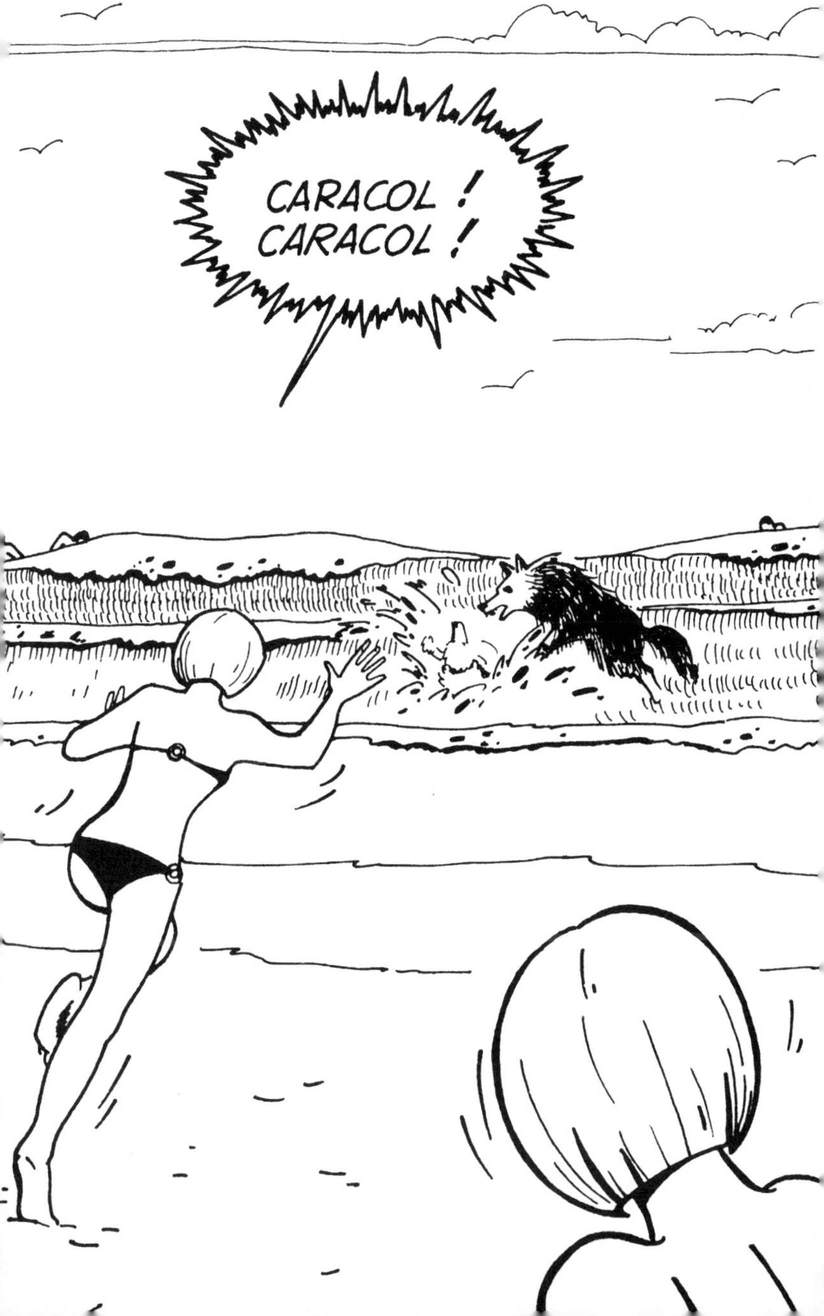
CARACOL! CARACOL!

— Ainda não. Aquilo mete medo — disse o Daniel. — Precisamos de levar lanternas, cordas... Se o túnel passa por baixo do rio, temos muito que andar.

— Quando é que vamos?

O Chico já estava todo entusiasmado.

— Amanhã à noite. Estou à espera do meu irmão para combinarmos melhor.

Depois desta explicação, começaram todos a falar ao mesmo tempo. Todos, menos a Luísa. Experiências que tinha vivido provaram-lhe que não aguentava ver-se debaixo da terra. Um túnel estreito e escuro, que não se sabia muito bem aonde ia dar, nem se havia perigo de desabamentos de terra, era uma ideia aterradora! E, ainda para mais, por baixo de um rio, grande como o Douro... Se se abrisse uma fenda e a água escorresse, ela nem sabia ao certo se morria soterrada ou afogada...

Com um arrepio, olhou os outros e espantou-se por ser a única a pensar aquelas coisas.

Uma algazarra incrível à beira-mar desviou-lhes a atenção. Não conseguiam ver bem o que se estava a passar, pois tinha acorrido gente de todos os lados.

— Está alguém a afogar-se! — gritou o Chico, já numa correria.

Foram todos atrás dele, e o espetáculo que se lhes deparou era inacreditável!

— *Caracol*! — gritaram as gémeas, precipitando-se para dentro de água.

Um cão enorme, de pelo comprido e ar feroz, com as patas em cima do pobre *Caracol*, tentava afogá-lo. O *Caracol*, deitado de costas, de patas para o ar, gania, gania, aflitíssimo! As pessoas atiravam água ao cão grande, tentando afastá-lo, mas via-se que tinham medo dele.

As gémeas não pensaram duas vezes. Deram-lhe um encontrão, arrebatando-lhe o *Caracol*.

Perante aquele exemplo de determinação e coragem, as outras pessoas impediram que o cãozarrão se virasse às gémeas.

— Que susto!
— Coitado do *Caracol*!
— Nunca vi uma coisa destas na minha vida! — disse o Daniel.
— Nem eu! Os cães às vezes lutam, mas um querer matar outro desta maneira nunca ouvi contar!

Regressaram ao toldo, com o *Caracol* a tiritar de frio e a ganir baixinho, ainda muito, muito assustado.

As gémeas enxugaram-no carinhosamente com uma toalha. O João e a Rita resolveram ir à procura do *Faial* e do *Boxie*. Eram cães maiores, mas já agora prefeririam saber onde eles andavam.

— O teu irmão a que horas vem? — perguntou o Pedro ao Daniel.

— Deve estar aí a chegar. Nós moramos aqui perto, mas ele é dorminhoco! Nas férias nunca sai da cama antes do meio-dia!

— Tomara que chegue, para combinarmos tudo!

Capítulo 5

O túnel

A noite parecia de cristal, tão límpida estava a abóbada celeste, ponteada de estrelas.

O Daniel e o irmão iluminaram a boca do túnel ([1]) com duas lanternas potentes. E todos sentiram o mesmo arrepio nervoso... No chão, abria-se um buraco quadrado. Dava para ver apenas que a toda a volta era formado por lajes de granito. E os espigões de ferro lá estavam.

A Luísa olhou em volta. O rio Douro ali fazia uma curva. Do outro lado ficava Gaia. Seria possível que aquele túnel descesse até ao fundo do rio e fosse ter ao lado de lá? Se assim era, teriam de andar vários quilómetros por baixo da terra...

Interiormente, ela já tinha decidido: «Eu não vou!» Mas ainda não se atrevera a comunicar aos outros a sua decisão.

Para seu grande alívio, o Daniel declarou:

([1]) O túnel existe. Como nunca foi possível descobrir quando foi construído e porquê, está associado a várias lendas.

— Não podemos descer todos. Parte do grupo fica a vigiar. Quem é que se oferece?

— Eu! — disse logo a Luísa. — Eu não me importo de ficar.

A Teresa olhou a irmã, disfarçando um sorriso. E na escuridão os olhos do Pedro brilhavam de troça. Eles bem sabiam que ela não aguentaria semelhante tortura! Mas nenhum abriu a boca.

No meio do grupo, o Daniel procurava organizar aquela expedição.

— Parece-me que o melhor era irem só rapazes desta vez...

— Só rapazes? Nem penses! Eu quero ir — disse a Teresa, firme.

— E eu também! — acrescentou a Rita.

— Bom, vocês aguentam-se? — perguntou o Pedro.

— Aguentamos tão bem ou melhor do que vocês!

O Daniel e o Carlos riram-se.

— A Rita, que tenha paciência mas não vai! — disse o Carlos.

— Oh! Porquê?

— Porque eu não quero responsabilidades... tu és nossa prima, e se estás aqui a esta hora foi porque disseste em casa que ias sair connosco.

A Rita encolheu os ombros e cruzou os braços, meio amuada.

— Não te rales! — disse-lhe a Luísa. — Ficas comigo. Vigiar também é importante.

— Quem vai descer tem de levar capacete, pilha e cordas. O Carlos vai fazer a distribuição.

À volta dos dois irmãos, rapazes e raparigas receberam os materiais necessários em silêncio, como se se tratasse de um ritual solene. Todos sentiam que estavam no limiar de uma verdadeira aventura!

Quando tudo estava pronto, o Carlos aproximou-se do buraco, dizendo:

— Eu vou à frente!

Com agilidade, enfiou as pernas no túnel, apoiando os pés no primeiro espigão de ferro.

— Cuidado! — recomendou a Rita, que naquele momento receou o que pudesse acontecer.

— Não há azar! A estrutura da parede é muito sólida — disse ele, antes de desaparecer para dentro da terra.

Um a um, os outros seguiram-no. Não podiam ir muito pegados, pois o túnel era bastante estreito. Descia na vertical até uma certa altura, e depois mudava de direção em ângulo reto.

— Hei! Cheguei ao fundo! — disse o Carlos, quando sentiu os pés assentes no chão.

— E o que é que há aí? — perguntou o Chico, que vinha logo atrás.

— É outro túnel. Mas a direito. Vou avançar, porque senão não cabemos todos aqui em baixo.

— Está bem! Nós seguimos a tua luz!

De pilhas acesas, em fila indiana, penetraram numa espécie de corredor estreito, mas onde podiam andar de pé. As paredes continuavam a ser de granito.

— Isto não é da Natureza — declarou o Pedro, fazendo incidir um foco de luz a toda a volta. — Estas lajes enormes foram postas aqui pela mão do homem. O túnel foi construído. Não percebo é como...

— Nem para quê! — respondeu-lhe a Teresa, que vinha atrás.

— Então não sabes? Foi para atravessar o rio naquela altura das invasões francesas.

— Estás louco? Tu já viste bem o trabalho que isto deu? Um túnel assim levou anos e anos a construir...

— Ah! Claro! Que estupidez!

— Se os soldados portugueses e ingleses passaram por aqui, é porque sabiam que o túnel existia.

— Pois é. Agora, quem é que o teria mandado construir? Esse mistério é que eu adorava desvendar!

Conversavam à medida que iam avançando cautelosamente. Mas, pelo menos até àquela altura, não parecia haver risco de desabamento. As paredes eram bem sólidas!

Lá na frente, o Carlos gritou:

— Atenção! Vamos parar! Há aqui uma bifurcação. Qual é que sigo, Daniel?

O Chico encolheu-se contra a parede, para deixar passar o Daniel. Os dois irmãos, de lanternas em punho, iluminaram os caminhos possíveis. Para a esquerda, podiam seguir uma rampa oblíqua que subia ligeiramente. Para a direita, um novo poço com espigões de ferro fazia o túnel penetrar mais fundo.

— Começamos aqui pela esquerda — propôs o Daniel. — Vamos ver onde é que isto vai dar.

Prosseguiram, agora com alguma dificuldade, pois o teto baixava um pouco. Os mais altos tinham de caminhar encurvados. Mas o esforço valeu a pena! Logo adiante foram desembocar num espaço curioso!

— Eh, pá! Isto é incrível! — exclamou o Chico.

— Para que é que isto poderia servir?

A galeria, ali, rasgava-se num círculo amplo, todo em pedra, com nichos escavados na parede.

— Isto é uma capela! — estranhou o Pedro.
— Estes nichos deviam ser para imagens de santos!

— Uma capela aqui em baixo? Mas porquê?

— Perguntas bem, Teresa. Não faço a menor ideia!

— Mas lá que é uma capela, é! — afirmou o Daniel. — Curioso...

O grupo espalhou-se por ali. Inspecionaram os nichos, iluminaram cada fenda do chão, da parede, do teto, à procura de qualquer inscrição ou de qualquer coisa que pudesse esclarecer a finalidade daquela capelinha. Mas não havia nada. Nem sequer outra passagem!

— Isto acaba aqui. Temos de voltar para trás!

— Já? Mas não descobrimos nada de especial — reclamou a Teresa.

— Pois não! — troçou o Pedro. — Andámos umas centenas de metros debaixo da terra, viemos dar a uma capela misteriosíssima e não descobrimos nada!

— Isto é o tipo de descoberta que faço todos os dias antes do pequeno-almoço — corroborou o Chico.

— Oh! Eu cá por mim não estou satisfeito. Queria explorar o outro caminho, que seguia para a direita.

— Eu concordo — disse o Carlos. — Já que aqui estamos...

— Então toca a andar!

Desta vez foi o Chico à frente. E logo que chegou à bifurcação, disse para trás:

— Sigam-me!

— Cuidado com os espigões de ferro! Vejam lá onde põem os pés! — recomendou o Pedro que ia em segundo.

O túnel era todo assim: a um poço vertical com os espigões de ferro, a servir de degraus, seguia-se logo um túnel horizontal, às vezes bastante comprido. A partir do segundo poço tornava-se difícil avançar. Em alguns pontos, só mesmo de cócoras! No chão sentia-se uma vaga humidade, e as paredes nem sempre eram regulares. Aquilo parecia não ter fim! Andaram, andaram, desceram, caminharam de pé, agachados, de gatas... e era sempre a mesma coisa!

— Achas que já estamos debaixo do rio? — perguntou a Teresa. — Estou a ficar cansadíssima!

— Pára! — gritou o Chico lá da frente. — Há aqui qualquer coisa...

A Teresa encavalitou-se imediatamente em cima dos ombros do Carlos, a tentar ver.

— Está quieta! Espera a tua vez!
— É uma saída? — perguntou o Daniel.
— Não!
— Então o que é?
— Não percebo bem...

— Deixem-me, ver! — insistiu a Teresa, acotovelando os outros.
— Ai, que chata! Devias era ter ficado lá fora!
— Com a tua irmãzinha!
A Teresa não respondeu. O pensamento voou-lhe para a irmã. Já devia estar farta de esperar. Há quanto tempo teriam iniciado a descida?

— Há quanto tempo é que eles entraram? — perguntou a Luísa à Rita. — Estou farta de estar aqui à espera.
— Não sei bem. E estou a ficar com frio.
A Rita passeou de um lado para o outro, batendo com os pés no chão.
— O pior é que aqui fora não acontece nada — disse ela.
— Não sei se é pior, se é melhor... Estou a ficar preocupada. Achas que eles não conseguem voltar?
— Que ideia!
— Pschiu! Vem aí alguém — sussurrou o João.
Um foco de luz iluminou o caminho. Pelo vozear pareciam ser vários homens.
— Escondam-se! — ordenou a Luísa.
— Venham para aqui!

Correram todos para trás de umas moitas e agacharam-se. Talvez não houvesse motivo mas, pelo sim pelo não...

«Por que é que eu não trouxe o *Faial*?», pensava o João.

«Quem me dera ter aqui o *Boxie*», pensava a Rita.

Os homens eram quatro. Por entre as folhagens viram-nos aproximar-se do túnel, iluminar a entrada com as pilhas e um deles inclinou-se para a frente, dizendo:

— Estão a ver? É aqui.

A Luísa, o João e a Rita entreolharam-se. Os homens iriam descer também? Lá dentro haveria espaço para tanta gente? E o que iriam lá fazer?

— Só cá faltavam estes! — suspirou a Luísa.

— Se tentássemos afugentá-los? — propôs o João em voz baixa.

— Não! Pode ser arriscado!

— Espera! Deixa ver o que eles fazem.

Mas os homens nunca mais se decidiam. Andavam ali à volta, à volta...

— Achas que querem tapar o túnel? — perguntou a Luísa.

— Não! Acho que não... Olha!

Capítulo **6**

Um pequeno-almoço suculento

— Schut! Não façam barulho para não acordarmos ninguém — pediu a Rita.
— Abre a cancela! Abre a cancela!
— Não consigo...
No céu, viam-se já os primeiros sinais da madrugada. Tinha sido uma noite empolgante! E agora estavam ali, no jardim do Carlos e do Daniel, tentando abrir a cancela que dava passagem para o jardim contíguo. A Rita convidara-os a cear em casa da tia, pois a senhora dormia num quarto retirado, e na cozinha podiam comer e conversar, não incomodando ninguém.
— Estou esfomeado! — queixou-se o Chico pela décima vez.
— Não consigo abrir a cancela, o melhor é saltarmos por cima...
A Rita, agachada, mostrou aos amigos um cadeado que trancava a cancela de madeira.
— Isto deve ser por causa do *Boxie*, para ele não vir para aqui esgravatar os canteiros.

— Não! Não é isso — explicou o Daniel. — O jardineiro, antes de se ir embora, tem a mania de pôr sempre o aloquete.

— Aloquete? — estranhou o João. — O que é isso de aloquete?

— Está-se mesmo a ver, ó João! Aloquete é a palavra portuense para dizer cadeado... — disse logo a Luísa.

— Enganas-te — respondeu-lhe o Carlos. — Cadeado é que é a maneira lisboeta de dizer aloquete!

Riram-se todos, mas a Rita chamou-lhes a atenção:

— Schut! Estão a fazer muito barulho. Lembrem-se do que combinámos! Se aparecer alguém, é bom que julguem que nos levantámos muito cedo e nunca que fizemos uma direta.

— Sim, não queremos perguntas!

— Vamos lá fazer esse «pequeno-almoço»... estou com a barriga a dar horas — pediu o Chico.

O Pedro alçou a perna e passou-se para o lado de lá, sem dificuldade. Os outros seguiram-lhe o exemplo e não tardou que estivessem todos à roda do fogão. Um programa como aquele exigia pequeno-almoço «cozinhado»!

Os rapazes cortavam salsichas às rodelinhas, as gémeas batiam ovos numa tigela com movimentos frenéticos.

— Os ovos, para ficarem muito bons, têm de ser batidos cem vezes!

— Cem vezes? Estás louca! Despacha-te lá com isso!

A Rita tirou do armário a frigideira maior, deitou-lhe margarina e acendeu o lume.

— Um de vocês podia cortar o pão e aquecia-se no forno com manteiga.

«Frchch... Frchch... Frchch...»

O cheiro da margarina a fritar era delicioso!

— Passa o sal! Senão, fica péssimo!

A cozinha era antiga, como todas as daquele renque de casas viradas para o mar. É claro que algumas tinham sido remodeladas, mas aquela mantinha todos os requintes de há cinquenta anos. A tia da Rita fazia questão de não mudar nada. Não se quisera desfazer de uma enorme talha de barro com torneirinha, onde costumava ter água fresca, embora atualmente já não a utilizasse. Sentaram-se em bancos de madeira, à volta da mesa, e durante uns segundos comeram com tanta sofreguidão que ninguém piou.

O Daniel foi o primeiro a retomar o assunto «túnel», que já tinham discutido longamente a caminho de casa.

— Temos de fazer o ponto da situação — disse. — Podemos ordenar as ideias da seguinte forma: o que se passou dentro do túnel, e o que se passou cá fora.

— Então resume lá! — pediu a Rita, dirigindo-se à despensa. — Entretanto, vou abrir aqui duas latas de pêssegos em conserva, para sobremesa.

— Ninguém quer este restinho de ovos com salsichas que ficou na sertã? — perguntou o Carlos.

— Não! Podes comer.

Com uma colher de pau, o Carlos rapou a frigideira de tal forma que parecia nem ter sido usada!

— Vamos então recapitular a nossa aventura? — pediu o Pedro.

— Bom, e ela resume-se bem. Sempre há um túnel. É muito, muito comprido. Para um lado há uma capela antiga. Para o outro, penetra-se na terra até, pelo menos, ao nível das águas do Douro, depois... ainda mais inesperado de que tudo o resto, topámos com uma parede de tijolo que nos impediu de continuar a exploração!

Olhavam todos para o Daniel. Nenhum deles conseguia dar qualquer interpretação àquela misteriosa parede de tijolo.

— Por que carga de água é que alguém se lembrou de ir por ali dentro e, a certa altura, zás!, tapou a passagem com tijolos? — comentou o João.

— E tu não viste! Se visses, ainda estranhavas mais! Aquilo é estreitíssimo, escuro, tão longe da superfície! Deve ter dado um trabalhão incrível carregar para lá os tijolos e construir um muro encafuado debaixo da terra!

— Por que é que não tentaram deitar a parede abaixo?

— Oh, Rita! Com quê? Ao murro, não?

— E, para mais, ao meio tem um buraco redondo.

— Vocês tentaram passar por esse buraco, não tentaram? — perguntou a Luísa.

— Sabes, é que no buraco, quando muito, cabe uma mão...

— Eu meti lá a mão — disse o Chico. — Senti um friozinho, uma espécie de corrente de ar.

— Isso quer dizer que o túnel continua! — comentou a Teresa.

— Até pode querer dizer que há outra saída ali perto. Um túnel, para começar naquele monte redondo, a meia encosta, furar até ao nível do rio, e passar-lhe por baixo, é um túnel muito grande...

— E pode ter várias saídas ou canais de arejamento — disse a Rita, pensativa. — De facto é uma possibilidade.

— Se calhar ali mesmo à beirinha do rio há uma entrada. E, assim, foi por lá que transportaram os tijolos.

— Boa ideia, Luísa! Sendo assim, tinham de andar menos e era mais fácil.

— Isso não resolve o problema da finalidade — disse o Pedro. — Construir uma parede de tijolo naquele sítio, para quê?

— Com certeza para impedir a passagem.

— Alguém podia ter querido usar a parte do túnel como armazém subterrâneo. Tem um aspeto fechado e secreto...

Olharam todos para o Chico, com aprovação. Era capaz de ser mesmo aquilo!

— Isso até condiz com o que a gente viu cá fora! — disse a Rita muito excitada. — Os homens andaram a ver... Se calhar era para taparem aquela entrada!

— Vocês não ouviram mesmo nada do que eles disseram?

— Só ouvimos nitidamente eles dizerem «é aqui». Depois deram por ali umas voltas, e espreitaram para dentro do túnel, andaram à roda, e foram-se embora pelo mesmo caminho — explicou o João.

— Tens a certeza de que eles não vos viram?

— Absoluta! Estávamos bem escondidos atrás de umas moitas.

— E eu bem encolhida! Tinha tanto medo que eles entrassem também no túnel e não houvesse lugar para todos... ou que tapassem a entrada e vocês não conseguissem sair! — exclamou a Luísa.

A Teresa riu-se.

— Tu e a claustrofobia! Parece que, além de não conseguires estar num sítio fechado, também não suportas saber que os outros lá estão!

A Luísa corou, e o Daniel e o Carlos olharam para ela.

— Ah! Com que então «miúfa»...

— Não é nada disso — tentou explicar a Luísa. — Não é medo, é...

— Pois não! É «receio» — troçou o Daniel. Os heróis não têm medo... só têm receio!

— Vocês não percebem nada! É uma espécie de reação física incontrolável. As pessoas que... as pessoas que... olha, as pessoas que enjoam quando andam de barco não conseguem evitá-lo por um esforço de vontade. Eu, quando estou fechada, falta-me o ar! Não me consigo meter por ali abaixo, pronto!

— Muito bem — disse o Carlos, brincando. — Se não te consegues meter por ali abaixo, vais ter de te meter por ali acima...

— Por ali acima?

— Sim senhor. Para fazeres uma proeza igual à nossa, mas em sentido contrário, vais subir à Torre dos Clérigos!

— E até subo! Não me custa nada!

— Olha que são setenta e cinco metros de altura...

— Quero cá saber! Até gosto! Deve ter uma vista magnífica!

— E eu vou contigo — propôs a Rita. — Já que também fiquei cá fora!

— Nesse caso eu também tenho de ir — lembrou o João.

— Daqui a nada, temos de ir todos...

— Até era giro!

A Teresa passou as mãos pela cara, e bocejou. Estava a sentir-se bastante cansada.

O Sol tinha nascido e anunciava uma bela manhã de praia.

— Ainda bem que dissemos à tia Inês que dormíamos aqui! Senão, era uma barraca!

— Barraca de praia! O que eu queria, agora, dormir numa barraca de praia! Estou tão mole!

A frase do Pedro serviu de sugestão.

Arrastando-se, meio zonzos, lá foram de toalha às costas.

E os primeiros banhistas que nessa manhã chegaram à praia ficaram admiradíssimos com o espetáculo!

Um grupo enorme de rapazes e raparigas, enroscados por cima das toalhas, completamente vestidos, dormiam profundamente. Alguns até ressonavam!

— Esta gente nova! — resmungou um senhor.

— Já não têm vivacidade! Só querem é dormir! — disse a mulher.

— Preguiçosos! A dormirem a esta hora da manhã! — comentou outra acompanhante.

Antes de se afastarem, deitaram-lhes ainda um olhar.

O mais estranho de tudo é que, como quem faz a guarda, estavam ali ao pé três cães: um pastor-alemão, um cão-d'água e um caniche branco!

Capítulo **7**

A casa
dos gatos

Aquelas férias eram uma surpresa permanente! Encostado à balaustrada do terraço, o Pedro meditava com um sorriso em tudo o que já lhes tinha acontecido. E não era pouco.

Nessa noite, tinham sido convidados para jantar em casa da tal amiga da tia Inês, que era pintora. Aceitaram, para não fazerem desfeita. Mas o programa anunciava-se chatíssimo. Sobretudo porque tinham tido de adiar a procura da outra entrada do túnel, conforme o combinado com o grupo da Rita.

Mas, afinal, a ida a casa da pintora fora também uma espécie de aventura!

Ela morava na Rua Sá da Bandeira, num último andar, com um grande terraço de onde se avistava quase toda a cidade.

Ainda iam na escada, e os cães começaram a ladrar furiosamente! O João teve até de segurar a coleira do *Faial*, que parecia louco!

— O que é que deu aos cães? — perguntou a Teresa.

Os tios iam a responder, quando a porta se abriu de par em par. A figura da anfitriã impunha-se! Era uma senhora já de idade, forte, cabelo prateado, de ondinhas muito vincadas, vestia uma blusa um pouco exótica, larga e roxa. Os seus olhos pequeninos e expressivos fitaram-nos com um sorriso acolhedor. Mordiscava uma boquilha de prata e trazia ao colo a explicação daquele alarido: uma enorme gata de pelo branco.

— Quieto, *Faial* — quase implorou o João, receando que ele se atirasse sobre a gata e sobre a senhora...

— Não faz mal, meu filho! Não te preocupes! A *Gatilde* está habituada a conviver com toda a espécie de animais. Ela «adora» cães! — e com um sorriso matreiro, que lhe reduziu os olhos a duas fendazinhas, acrescentou: — Os cães, às vezes, é que não a adoram a ela! Mas entrai! Entrai!

A casa era um espanto! O chão em mármore muito branco, as paredes cobertas de quadros, imensas vitrinas com coleções de caixinhas de prata, canecas de porcelana, frascos de vidro coalhado e sinetes antigos também em prata. A senhora devia ser podre de rica! E ter a mania dos gatos. A cada canto aparecia um. No terraço tinha até um cesto com uma ninhada de filhotes apetitosos.

Enquanto jantavam, um jantar delicioso, aliás, tinha havido uma cena macaca! Os cães largaram a correr atrás dos gatos! Os gatos treparam para um balcão de madeira onde havia bandejas de prata, que atiraram ao chão com grande estardalhaço! Enfim, mas tudo acabou em bem, ela fartou-se de rir e não se ralou nada. Porque era muito simpática e divertida.

— Pedro! Pedro, vem cá! — chamou o tio de dentro de casa. — Vamos fazer uma saúde!

— Ó Aurélia, eu tenho a impressão de que eles não gostam de vinho... — disse a tia Inês.

— Não gostam de vinho fino? Gostam, sim! E vão provar um cálice cada um!

— O que é vinho fino? — perguntou o Chico.

— É vinho do Porto. O Porto é o único sítio onde se lhe chama vinho fino...

Nos cálices de cristal, ela deixou cair umas gotas de vinho dourado, muito transparente. Um cheiro intenso e agradável espalhou-se na sala.

— Vamos acompanhar isto com línguas-de--gato! — disse.

O João, para quem a quantidade de gatos que havia naquela casa tinha constituído uma tortura, tal era o medo de que o *Faial* se lembrasse de abocanhar algum, olhou para a senhora com uma expressão incrédula.

Ela deu por isso e riu-se, dizendo na sua voz um pouco gutural:

— Línguas-de-gato «de chocolate»! Da pastelaria Arcádia. São as melhores do mundo. Se calhar nem as há noutro lado — acrescentou, divertida.

Abriu uma lata redonda e estendeu-a para que se servissem.

A Teresa trincou uma com prazer e depois deixou o chocolate derreter-se lentamente na boca.

— Hum! Que bom!

— E liga bem com o vinho do Porto! — disse o Chico, molhando os lábios.

— Nunca tinha comido línguas-de-gato de chocolate. São da melhor pastelaria do Porto? — perguntou a Luísa.

— Bom, no Porto há muitas pastelarias boas. Mas a Arcádia é talvez a mais antiga.

— Tenho de lá ir. Vou levar uma caixa de línguas-de-gato para Lisboa.

— E eu!

— Então, gostam do vinho do Porto? Este é do antigo! Tem quase cem anos!

E, sem esperar pela resposta, Aurélia virou-se para os tios de Pedro.

— Vocês sabem que tem havido para aí uns roubos de vinho velho?

— É! Li qualquer coisa no jornal, sim!

— Roubar vinho? Porquê? — estranhou o Chico.

— Estes vinhos antigos valem muito dinheiro. Uma garrafa pode custar centenas de euros!

— Hi! Nunca pensei!

— Pois é. E quem rouba não é para beber. É para vender, provavelmente a estrangeiros, que são loucos por vinho do Porto.

A tia Inês piscou-lhes o olho com o ar camaradão do costume.

— Não são vocês que têm a mania dos mistérios? Então, tratem de descobrir o paradeiro das garrafas desaparecidas!

E eles riram-se.

— E quem sabe? Quem sabe se não descobrimos? — brincou a Teresa. — Nós somos formidáveis.

Capítulo **8**

Haverá outra entrada para o túnel?

— Mesmo, mesmo junto à margem, deve haver uma entrada do túnel — disse o Pedro.
— A questão é procurar. Mas onde?
O Chico observava com atenção a colina junto ao rio Douro.
Estava um fim de tarde agradável, mas levantara-se uma brisa fresca que tornava apetecíveis camisolas de lã. Ao longe, a Foz estava envolta numa névoa clarinha e transparente.
— Não acham que a entrada para o túnel deve ser aqui em baixo? — disse a Teresa, batendo com o pé no chão.
— Pode ser e pode não ser — respondeu a Rita. — Às vezes as entradas são em forma de gruta.
— Não vejo por aqui nada que se pareça com uma gruta.
— Vamos caminhando para um lado e para o outro. Se desistirmos é que não encontramos nada.
— E se nos dividíssemos? — propôs o João.
— Dava mais hipóteses.

— Boa ideia — exclamou o Daniel. — Um grupo segue para o lado da Foz, e o outro grupo vai em sentido contrário.

— Se alguém descobrir alguma coisa, assobia três vezes seguidas e uma separada.

As gémeas, a Rita, o João e os três cães viraram-se logo para a Foz e começaram a caminhar devagarinho.

— Esperem — gritou o Carlos —, assim levam os cães todos. Eu troco com o João.

— Não, é melhor assim porque os cães também gostam de ir juntos.

— De resto, não vamos fazer nada de especial — disse a Rita. — Tanto faz os cães irem para aqui como para aí.

O Carlos encolheu os ombros e desistiu. Era sempre difícil argumentar com mulheres! Pelo menos ele, que não tinha irmãs, estava pouco habituado e nunca conseguia levar a dele avante em discussões com raparigas.

O João caminhava à frente de todos, apoiando cuidadosamente os pés pois, se tinha esperança de encontrar um buraco, também tinha medo de cair nele.

— Atenção às zonas que têm ervas e arbustos. A entrada pode estar escondida por trás.

— Se não me magoasse muito, até achava graça descobrir a entrada do túnel assim: ia

muito bem a andar e, de repente, zás! Enfiava-
-me por ali abaixo.

— Tens cada ideia mais louca! — respondeu a Luísa. — Vai mas é com cuidado.

No sítio onde estavam agora o terreno descia suavemente para o rio, o que permitia que se aproximassem mesmo da água. A Teresa agarrou uma pedrinha e arremessou-a de modo a rasar a superfície na horizontal. Talvez entusiasmado por aquele gesto, o *Boxie* atirou-se à água.

— *Boxie*, *Boxie* — chamou a Rita.

O cão não lhe ligou nenhuma e continuou a nadar com ar muito satisfeito.

— Talvez julgue que eu atirei a pedra para a ir apanhar — disse a Teresa.

— Não, ele aproveita todos os pretextos para ir para a água. Não vês que é um cão-
-d'água? — explicou a Rita. — *Boxie*, *Boxie*, já aqui.

«Arf! Arf! Arf!»

— Ai que chato. Está a fazer-nos perder imenso tempo.

Entretidos a seguir a trajetória do cão, nem tinham reparado que um barco a remos descia rio, pachorrento. E ficaram admiradíssimos quando viram os três ocupantes porem-se aos gritos e baterem com um remo na água para o cão se afastar.

O cão, assustado pelo barulho, regressou rapidamente à margem sacudindo o corpo com energia para secar o pelo.

— Seus estúpidos — gritou a Luísa, pondo as mãos em concha —, se calhar julgam que o rio é todo vosso!

— Cala-te para aí, sua serigaita — respondeu o remador.

— Veja lá se quer que lhe mande este — ameaçou a Rita, pousando a mão na coleira do *Faial*.

— Canalha! — gritou ainda um.

O que os outros disseram já não se percebeu bem, porque o barco distanciara-se.

— Já reparaste ó Teresa? Aquele barco é esquisito.

— Porquê?

— Só vão dois homens à frente e um ao meio, mas o barco vai todo inclinado para trás.

— Se calhar leva um peso. Talvez seja peixe — disse a Rita.

— Mas as redes vão fora do barco, repara lá! Vão caídas dentro da água.

— Pois é. Que estranho.

— Deixem lá o barco mais os homens e os peixes e vamos continuar as nossas buscas.

As buscas resultaram infrutíferas, embora procurassem até ao anoitecer.

Nem um grupo nem outro encontraram absolutamente nada. Quando se reuniram, mostravam-se todos desanimadíssimos.

— E agora?

— Isto assim é uma estucha! Não me apetece ir para casa sem ter avançado nada.

— Se fôssemos lá acima ver outra vez a entrada que já conhecemos? — sugeriu o Chico.

— Cá por mim não me importo. Só não percebo é para quê.

— Quem sabe se existe uma inscrição na pedra com um sinal qualquer que nos dê outra pista?

— Não me parece má ideia. Ainda há luz do dia e pode ser que dê para ver qualquer coisa que à noite tenha passado despercebida.

— Então o melhor é irmos depressa, senão daqui a nada cai a noite.

Treparam pela encosta a corta-mato, porque o caminho dava várias curvas. E foi já com uma luz ténue que se debruçaram sobre a boca do túnel.

Ajudados pelos cães esgravataram à volta, arrancaram punhados de erva, meteram a cabeça lá dentro... mas sem sorte.

— Que diabo de túnel este!

— Que coisa tão esquisita, tão misteriosa.

— Mas ninguém saberá da existência disto? Nunca terá sido explorado?

— Bem, pelo menos aqueles homens que vimos aqui a rondar sabem que existe — lembrou a Luísa.

Mesmo a calhar! Naquele preciso momento, o Daniel fez-lhes sinal para que se calassem.

— Pst! Vem aí alguém.

— Escondam-se aqui! Escondam-se aqui! — chamou o João, correndo para trás da moita onde já tinham estado da outra vez.

Cheios de vontade de rir, ali se acomodaram, apertando-se uns contra os outros, os cães bem seguros pelas coleiras.

— Por que é que nos escondemos? — perguntou o Pedro.

Aquela pergunta tornou ainda mais difícil manter o silêncio. Estavam todos a rebentar de riso. A Luísa até mordeu os dedos com força para não se desmanchar.

— Vá lá, calem-se — disse o Daniel. — Se houver alguma coisa suspeita ficamos a saber o que é. Caso contrário, mostramo-nos.

A noite caíra por completo. Por entre a folhagem densa, viram apenas uns vultos que se aproximavam da entrada do túnel falando em voz baixa.

«Não há dúvida de que estes querem passar despercebidos», pensou o João.

— Já viste que trazem um caixote? — sussurrou o Chico ao ouvido.

— Serão explosivos?

Capítulo **9**

Uma grande embrulhada

Os homens aproximavam-se do túnel, carregando uns caixotes que pareciam pesados. Só o da frente trazia uma pilha, e iluminava o caminho com um foco discreto. Assim, a única coisa que lhe conseguiam ver era os pés. Quando chegaram mesmo à beirinha da estrada, pousaram os caixotes no chão e conversaram um pouco sempre em voz baixa.

O Pedro apurou o ouvido.

«Basta apanhar uma palavra ou outra para perceber o teor da conversa», pensou.

Era difícil, mas, prestando muita atenção, começou a distinguir não propriamente palavras mas alguns sons. Fechou os olhos para se concentrar melhor e de repente sentiu um baque no coração: acabara de ouvir «vinho do Porto»! A conversa em casa da Aurélia acudiu-lhe logo ao pensamento. «Roubo do vinho do Porto», «vinho do Porto velho». Seria possível? Se assim fosse, era uma coincidência inacreditável! O Pedro não comunicou logo aos outros as suas suspeitas, com medo de provocar algum acidente que afugentasse os homens. Se eram ladrões do vinho do Porto, eles iam desmascará-los ali mesmo, olá se iam.

Atento, observou os movimentos do grupo. Dois dos homens, pelo menos pareceu-lhe que eram dois, enfiaram-se pelo buraco enquanto os outros ficaram por ali apontando a luz para dentro a iluminar-lhes a descida. De repente, o foco incidiu sobre o lado de um caixote, que tinha escrito em letras pretas «vinho do Porto».

— Oh! — exclamou a Luísa. — Vinho do Porto!

— Devem ser os ladrões do vinho — disse o Pedro numa voz abafada.

O Daniel e o Carlos olharam-no.

— Achas que são estes que andam a fazer os roubos de que se fala tanto?

— Já viste o caixote? Tem escrito vinho do Porto. Se não fosse roubado, por que é que vinham para aqui escondê-lo neste túnel?

— Com os cães aqui, é fácil apanhá-los. Vou soltar o *Faial*.

E, sem esperar resposta, o João largou a coleira e atiçou-o.

— Css, Css! A eles, *Faial*! A eles!

Assombrados, os homens viram-se por terra, agredidos por dois cães grandes, um cão pequeno e uma data de gente que nem percebiam de onde tinha aparecido. Gerou-se a maior confusão!

— Socorro! Socorro!
— Apanha-os!
— Já agarrei um!
— O que é isto?

O Chico e o Daniel envolveram-se à pancada com dois matulões, rebolando pela colina.

A Teresa lançou-se em voo para o chão e agarrou com força dois tornozelos... que teve de largar quando ouviu dizer:

— Parva! O que é que estás a fazer?

Eram os tornozelos do Carlos! O Pedro teve uma ideia: fechar a entrada do túnel para impedir a saída aos que lá estavam dentro. Talvez assim os outros se rendessem mais depressa. Empurrou os caixotes de vinho do Porto e chamou:

— Rita, João, ajudem aqui!

Num ápice, a entrada ficou coberta e lá de dentro ouviram-se uns gritos de desespero.

— O que é isto? Taparam a entrada?
— Ficamos sem ar!...

O Daniel e o Chico, com a roupa rasgada e desgrenhados, apareceram finalmente. Traziam dois homens bem seguros por um braço. Atrás vinha o *Faial* que impunha respeito com o seu rosnar.

Para estupefação geral, assim que se juntaram, agredidos e agressores lançaram o mesmo grito.

— LADRÕES DE VINHO DO PORTO!

Olharam todos uns para os outros, procurando verem-se na escuridão. Um dos prisioneiros repetiu ainda mais alto:

— Malandros! Ladrões de vinho do Porto.

— Quem é que são os ladrões do vinho do Porto? Nós? — perguntou a Luísa sem perceber o que se passava.

— Ladrões do vinho do Porto são vocês — disse o Pedro, apontando com a luz para os caixotes. — É o que está aqui escrito.

— E é melhor confessarem já senão os vossos cúmplices não saem do túnel, que a gente não deixa — disse a Rita, toda rebiteza.

— Socorro, socorro! — suplicavam as vozes dentro do túnel.

— Mas afinal que palhaçada vem a ser esta? — exclamou um dos homens.

— Isso vão vocês explicar — disse a Teresa.

— Com que então este túnel servia de depósito de «material» roubado, hã?

— Ó Manel, não tens aí uma pilha no bolso? Ilumina lá a cara destes tipos que nos prenderam, que eu não estou a perceber nada.

— Quer ver a minha cara? — perguntou Luísa. — Então veja!

E, acendendo uma pilha que apanhara do chão, iluminou-se a si mesma.

— Mas tu és uma miúda! — exclamou o homem, perplexo.

— E você um bandido! — respondeu ela.

— Cheguem para lá os vossos cães. Isto há aqui um grande engano. Nós não somos bandidos nenhuns.

A voz do homem pareceu-lhes tão à vontade, tão sincera, que por um instante hesitaram.

— Então, se não roubaram, para que é que vêm para aqui esconder estes caixotes com garrafas de vinho do Porto? — perguntou o Daniel, sem saber o que pensar.

— Ah! Ah! Ah! Isto não é nada do que vocês pensam...

— Antes de mais, deixem lá sair os nossos amigos que estão aí em baixo aflitíssimos.

— Nem pensar. Quando muito, abro aqui uma nesga para respirarem melhor — disse o Pedro. — Se se apanhassem todos cá fora safavam-se, estou mesmo a ver.

— Começo a perder a paciência — gritou um deles, mas teve de calar-se rapidamente porque o *Faial* rosnou mais forte.

— Vamos lá resolver isto a bem — disse o outro, percebendo que não tinha outra hipótese.

— Se vocês não acreditam em nós, abram uma das caixas.

O Daniel e o Carlos olharam um para o outro e resolveram fazer o que o homem lhes pedia. Levantaram a tampa do primeiro caixote, levantaram a tampa do segundo caixote... e riram-se um pouco envergonhados.

De facto, por fora diziam vinho do Porto mas, lá dentro, continham apenas capacetes, ferramentas, cordas e pilhas elétricas.

— Que barraca — comentaram em voz baixa.

— Então? — perguntou um deles.

— Desculpem lá, houve mesmo um engano. Pedro, deixa os tipos que estão aí dentro saírem.

De dentro do túnel saíram dois rapazes novos, lívidos de susto.

— O que foi? O que foi? — perguntou um deles, piscando os olhos.

— Temos de desvendar esta embrulhada! — exclamou o Chico.

— O melhor é irmos para um sítio onde haja luz.

— Se fôssemos tomar qualquer coisa? Estou com uma fome — disse o João.

— Vamos a um café onde haja telefone, temos de prevenir para casa que nos atrasámos.

— Força — disse um dos que tinha estado dentro do túnel —, que eu preciso de uma bebida quente.

Não muito longe avistaram uma montra, com letras de *néon* a acender e a apagar, chamando a atenção de possíveis clientes para a:

— Vamos tomar qualquer coisa naquela manteigaria — propôs o Daniel.

Para lá se dirigiram a passo rápido. As raparigas correram para o telefone e eles juntaram duas mesas de ferro pintadas de azul e puxaram cadeiras para caberem todos.

De detrás do balcão-frigorífico veio logo um criado solícito.

— Um pingo bem quente — pediu um dos rapazes.

— Tem cimbalino?

— Temos, sim — respondeu o criado.

O João olhou para os rapazes e depois para o criado, julgando que estavam a gozar.

Mas eles mantinham uma expressão tão séria, que era pouco provável tratar-se de brincadeira.

— Olha lá, Carlos, que raio de bebidas estão eles a pedir? — perguntou.

O Carlos e o Daniel riram-se.

— «Pingo» é café com leite. «Cimbalino» é café de máquina.

— Ah!...

À volta da mesa conseguiram por fim esclarecer o que se tinha passado. Os homens eram quatro rapazes novos que estavam a acabar o curso de jornalismo.

Tinham tomado conhecimento da existência daquele túnel quando consultavam uns artigos publicados, há alguns anos, na revista *O Tripeiro* ([1]). E, como ultimamente a polícia andava à procura de ladrões de vinho do Porto, os jornais não falavam de outra coisa e ninguém conseguia descobrir como é que o vinho desaparecia, lembraram-se de que talvez fosse por aquele túnel, que se dizia passar por baixo do rio Douro.

— Quando vos vi, julguei que tínhamos acertado em cheio — disse um deles.

— Íamos montar lá dentro uma emboscada, com máquinas fotográficas e tudo — explicou o outro.

— Estávamos com esperança de apanhar os ladrões em flagrante...

([1]) A revista *O Tripeiro* existiu e publicou artigos sobre o misterioso túnel.

— Fazíamos um artigo sensacional — comentou ainda um terceiro.

— Foi pena — suspirou aquele que os outros tratavam por Manel.

— Mas afinal por que é que isto era tão importante para vocês? — perguntou o Chico.

— Porque um dos trabalhos que temos de apresentar agora, no fim do curso, é uma reportagem original.

— E esta seria originalíssima. Assim, tínhamos de certeza uma nota alta e se calhar arranjávamos emprego com mais facilidade — explicou o Manel.

E após um breve silêncio insistiu:

— E vocês? Afinal quem são? O que estavam ali a fazer? Por que é que nos atacaram?

O Pedro, de uma forma clara e sucinta, explicou:

— Nós somos um grupo de amigos e andávamos a explorar aquele túnel só por curiosidade, para ver se passava mesmo por baixo do rio. Já lá estivemos dentro, fomos até bastante longe. A certa altura não se pode ir mais por causa de uma parede de tijolos que barra a passagem.

— Quando vos vimos chegar — interrompeu o Chico —, pensámos que era estranho virem ali às escuras e a falar tão baixo...

— E depois?

O Pedro retomou a palavra:

— Como os vossos caixotes de ferramentas diziam «vinho do Porto», pensámos que vocês é que eram os ladrões de que tanto se fala.

— Pelos vistos, enganámo-nos todos — disse a Rita.

— O que é uma chatice — continuou a Teresa. — Eu já estava toda convencida de que tínhamos caçado os ladrões...

— Para nós ainda é pior, que ficamos sem reportagem — comentou o Manel.

O Pedro teve então uma ideia.

— E se uníssemos forças? Quem sabe se, todos juntos, não descobríamos mais facilmente este mistério?

— Este mistério, não. Estes mistérios! Onde estão os ladrões? Por onde e para onde levam o vinho? E o túnel? Passa ou não passa por baixo do rio? Quem construiu aquela parede de tijolo? O que haverá do outro lado?

Com um sorriso condescendente, olhavam todos para a Luísa. De pé, ela ia enumerando os mistérios, cada vez mais vermelha de excitação.

Capítulo **10**

Como organizar as investigações

Antes de se separarem, o Pedro lembrou que, se queriam atuar juntos, era necessário um plano. Caso contrário, perdiam muito tempo e arriscavam-se a não conseguirem resultados nenhuns. Assim, ficou combinado encontrarem-se no dia seguinte em casa dos tios do Pedro. Como os senhores saíam, ficavam mais à vontade.

Desde manhã que as gémeas pareciam loucas, a correr da porta para a janela e da janela para a porta, ansiosas por que chegasse alguém.

Os primeiros foram os estudantes de jornalismo. Vinham num carro incrível, minúsculo, bastante ferrugento por fora e com os bancos reduzidos ao esqueleto, não dando para perceber sequer qual tinha sido em tempos a cor do estofo.

Avançaram pela rua, aos soluços, e estacionaram sem dificuldade num espaço exíguo. Lá de dentro saltaram os quatro rapazes, cheios de energia e entusiasmo.

O Chico correu a abrir-lhes o portão.

— Olá! Ainda bem que chegaram.

— Venham! — chamou o Pedro. — Quero apresentar-vos a minha tia Inês, que já está de saída.

A tia Inês assomou à porta, toda sorridente. Carregava um monte de papelada debaixo do braço e tinha uma enorme caixa nas mãos. Estava visivelmente apressada.

— Olá! Olá! Eu sou a Inês! Não posso cumprimentá-los, por motivos óbvios — disse, com um sorriso aberto.

— Estes são os estudantes de jornalismo de que lhe falei.

— Excelente! É uma profissão que eu adoro. Se não fosse pintora, era jornalista!

Os rapazes tentaram ajudá-la a transportar as coisas para o carro.

— Não, não! Obrigadíssima mas, se largo uma coisa, cai-me tudo ao chão.

Sem demora dirigiu-se ao carro, e, num milagre de equilíbrio, conseguiu meter a chave à porta e abri-la. Enquanto acomodava tudo no banco, foi dizendo:

— Se quiserem fazer uma reportagem no Museu Soares dos Reis, podem contar comigo! É só aparecerem por lá. Estamos a fazer um trabalho sensacional com miúdos pequenos!

Acenando alegremente, meteu-se no carro e partiu.

— Eu nem disse à minha tia os vossos nomes, porque só sei o teu, Manel.

— Os nossos nomes? É para já!

Como quem recita, um deles enunciou apontando:

— Manel, Mário, Miguel, Maurício.

— Oh, que giro! Começam todos por M — exclamou a Teresa.

— Foi mesmo por isso que começámos a trabalhar e a andar juntos. Logo no primeiro ano, houve uma professora que teve a ideia de organizar trabalhos de grupo por ordem alfabética. Ficámos juntos, e olhem... gostámos. Hoje em dia somos quatro grandes amigos.

A conversa foi interrompida pela chegada da Rita, do Daniel e do Carlos.

— Somos tantos — disse o João —, que temos a obrigação de fazer um bom plano e descobrir os mistérios todos!

— Isso às vezes não é bem assim. Na Polícia Judiciária há muito mais gente e ainda não descobriram nada.

— Ora! Mas nós somos mais novos! Temos ideias frescas — disse a Rita.

— Somos uns «idiotas», queres tu dizer!

Em grande galhofa, instalaram-se todos juntos na marquise que servia de ateliê de pintura. Era

um local agradável, espaçoso, cheio de luz. Nos cavaletes havia telas enormes, cobertas de esboços. Uma mesinha ao canto estava cheia de bisnagas e frascos de tinta, dezenas de pincéis, lápis, *x-atos*, tigelas com líquidos de várias cores.

— Aqui respira-se uma atmosfera criativa... pode ser que nos inspire! — disse o Pedro.

— Bom, alguém teve já ideias que queira pôr em comum? — perguntou o Miguel.

— Eu não tenho ainda ideias — disse o Carlos. — Mas eu e o Daniel esquematizámos a situação.

Retirou um papel do bolso e abriu-o em cima da mesa.

1.ª Questão

O Túnel

O que já sabemos
— *Existe uma túnel muito comprido.*
— *Conhecemos uma entrada.*
— *Explorámos o interior.*
— *Descobrimos o caminho até uma parede de tijolo.*
— *Verificámos que o túnel não contém nada.*
— *Numa zona já explorada da margem direita do rio, não há outra saída do túnel.*

O que precisamos de descobrir
— O túnel passa por baixo do rio?
— Há outra saída na margem direita ou esquerda do rio Douro?
— Em que época foi construído o túnel?
— Para quê?
— Quem mandou construir a parede de tijolo e porquê?

2.ª Questão

O Roubo do vinho do Porto

O que já sabemos
— Tem havido muitos roubos do vinho do Porto antigo.

O que precisamos de descobrir
— De onde foi o vinho roubado?
— Quando?
— Como foi feito o roubo?
— Quem podia ter roubado o vinho?
— Para que foi roubado: para beber? Para vender em Portugal? Para vender para o estrangeiro?
— Como pode ter sido feito o transporte: por terra ou por água?
— Haverá um local onde se encontra escondido? (O túnel não é)

O Pedro leu alto todos os pontos que o Carlos tinha esquematizado. Quando terminou, olhou em volta, interrogativo.

— Então?

— O esquema está bem feito... — disse o Chico.

— É uma base de trabalho.

— Em relação ao túnel, parece que chegámos a um impasse — disse a Luísa, puxando o papel para si. — O que era possível descobrir, já descobrimos. O resto, francamente, só com muita sorte, ou por acaso...

— Tens razão, Luísa — respondeu o Miguel.— Só com ajuda de especialistas em escavações é que talvez se consiga avançar um pouco mais!

— Pois é. Podemos entrar e sair do túnel mil vezes, que não adianta nada.

— E se tentássemos rebentar a parede de tijolo? — propôs a Teresa.

— Pelo que vocês disseram, não é trabalho para amadores. Uma parede tão forte, construída a dezenas de metros de profundidade, não se rebenta com duas traulitadas. São precisas máquinas especiais — disse o Manel.

— E como nós não percebemos nada de escavações podíamos até provocar um desabamento e ficarmos para ali enterrados! — lembrou o Carlos.

— Que horror! — disse a Luísa, estremecendo.

— Então, quanto ao túnel, desistimos?

— Parece-me pena...

— A única coisa a fazer é alertar as autoridades e os especialistas na matéria, para eles desencadearem uma exploração com bases científicas e técnicas, como deve ser — disse o Maurício.

— Como? — perguntaram os outros em coro.

— Se nós formos falar disso para aí, ninguém liga nenhuma! — acrescentou a Rita.

— Temos uma arma poderosa: a imprensa! Podemos fazer artigos nos jornais, alertar a opinião pública, pôr toda a gente a falar nisto.

— Pode ser que pegue.

— E eu, como vou colaborar para a semana que vem num programa de rádio, adivinhem sobre o que é que vou falar? Sobre o túnel! — declarou o Miguel todo contente.

— Bom, então o caso do túnel, para já, fica nas vossas mãos. Debrucemo-nos agora sobre os roubos. Eu quero imenso apanhar os ladrões... — disse a Luísa.

— E vamos apanhar! Aqui com a ajuda do *Faial*! — disse o João.

— Se soubermos a resposta à primeira questão, é mais fácil começar a investigar. De onde foram roubadas as garrafas? Alguém sabe?

Capítulo **11**

Meia verdade é uma mentira?

— Eu sei! — disse o Miguel. — O vinho tem desaparecido do Entreposto.

— O que é isso do Entreposto? — perguntou o Pedro.

— O Entreposto é uma área onde as casas que exportam o vinho do Porto têm os seus armazéns.

— E onde é isso?

— É em Vila Nova de Gaia, aqui mesmo em frente ao Porto, na outra margem do rio.

— E há lá muitos armazéns?

— Bem, firmas que exportam vinho são cerca de noventa. Portanto, há bastantes armazéns.

— E o vinho desapareceu só de um? — perguntou o Daniel.

— Não, tem desaparecido de vários.

— Isso então é mais difícil. Qual é que havemos de vigiar?

— Tenho uma ideia — disse o Manel, levantando-se. — Alguns dos armazéns estão abertos ao público. Podem ser visitados. Podíamos lá ir todos dar uma mirada, falar com as pessoas... Talvez conseguíssemos uma pista.

— Olha lá, e se um de nós ficasse lá escondido de noite? Não foi durante a noite que as garrafas desapareceram?

— Hã?

Os outros fitaram o Chico, já entusiasmados. O plano começava a tornar-se aliciante.

— Sim — continuou ele. — Era a melhor maneira de topar o que se passa...

— Mas um de nós, sozinho, é arriscado!

— Ficamos todos! — propôs a Rita. — Eu quero ir!

— Eu também! Eu também! — gritaram todos.

— Que ideia! Um sozinho talvez se consiga esconder e passar despercebido. Agora este maralhal todo...

— Mas eu quero ir! — insistiu o Chico.

— Se fôssemos dois?

— Também não é pior! — considerou o Miguel.

— Eu até acho que devíamos ir quatro — disse a Luísa.

Os jornalistas riram-se.

— Lá estás tu...

— Vocês não me deixaram acabar! — disse a Luísa. — A minha ideia era assim: dois escondiam-se lá dentro, num armazém. Os outros dois ficavam por ali a rondar junto ao rio.

— Olha que excelente solução! Tu tens miolos...

A Luísa, radiante, fechou o punho e esfregou as unhas na camisola.

— Não há melhor...
— Vaidosa!
— Então e quem é que fica? — perguntou o Carlos.
— Eu acho que devíamos ser nós os quatro — propôs o Maurício.
— Ah! Pois... Já se estava mesmo a ver! Nós temos as ideias e vocês é que se divertiam a pô-las em prática. Nem pensem! Aqui há igualdade!

Depois de muita discussão, resolveram tirar à sorte. Cada um escreveu o nome num papelinho, dobrou-o muito bem e misturaram todos num cesto. A Rita chocalhou animadamente e tirou o primeiro, dizendo:

— Este fica escondido lá dentro.

Desdobrou devagarinho, olhou para os outros e leu:

— Mário.
— Que sorte! — resmungou o Chico.
— Este... Também fica lá dentro. Este, ai este... — de novo abriu um papelinho. — Pedro!
— Iaú!

Para ficarem cá fora, calhou a vez ao Chico e à própria Rita que, radiante, quando leu o seu nome, atirou com os papelinhos todos ao ar.

— Pronto! Está tudo organizado.
— E nós? — perguntou a Luísa.
— Vocês são a «retaguarda». Se até amanhã não tivermos aparecido, alertem a polícia!
— Agora temos de inventar uma pequena aldrabice para não dormirmos em casa.
— Eu detesto mentir — disse o Pedro.
— Vou dizer a verdade à tia Inês.
— Estás louco? Ela não te deixa ir.

O Pedro ponderou a hipótese de ser impedido de participar na aventura. E encolheu os ombros.

— Então digo uma «meia verdade». Digo que vou com o Mário preparar uma reportagem, e que se calhar venho muito tarde... assim ela não fica preocupada.
— Se isso descansa a tua consciência, podes dizer isso. Mas uma meia verdade é a mesma coisa que uma mentira.

O Pedro ajeitou os óculos no nariz e nada disse. No fundo, reconhecia que o outro tinha razão...

— A que horas é que nos encontramos? — perguntou a Rita, ansiosa por entrar em ação.
— Vamos combinar. Ouçam lá...

O Mário e o Chico elaboraram um plano bastante detalhado.

Como todos concordaram, resolveram separar-se e encontrarem-se no Entreposto de Gaia, à hora combinada.

O Pedro decidiu passar pelo museu, a prevenir a tia. O Chico, o João e as gémeas acompanharam-no, depois de terem dado comida aos cães, que ficaram no jardim.

— O Museu Soares dos Reis mais parece um palacete! — exclamou o Chico.

— Que bonito!

— É mesmo imponente!

Encantados, penetraram no edifício, cuja entrada era muito ampla, com uma escadaria rasgada ao centro. Disseram ao que vinham, e um guia conduziu-os aos andares de cima, onde uma barulheira alegre assinalava a presença de inúmeras crianças. Pelo caminho, o Pedro deitou algumas miradas rápidas às peças magníficas que estavam expostas, formulando o projeto de lá voltar outro dia para ver tudo com atenção.

A tia Inês, ocupada a orientar o trabalho de vários miúdos, não deu logo pela presença deles.

Estavam numa sala grande, com janelas envidraçadas sobre um jardim interior, elegante e requintado. Ali, não havia nada em exposição. Apenas tiras e mais tiras de papel de cenário e grupos de crianças pequenas a pintar com grande entusiasmo. A tia Inês e mais duas raparigas novas orientavam-nas, com paciência e carinho. Quem os viu primeiro foi um ciganito, minúsculo, de nariz arrebitado e os olhos vivos, redondos como duas continhas pretas. Para grande espanto de todos, largou o que estava a fazer, correu para eles e puxou a Luísa pela mão.

— Venham cá! Venham cá ver!

Surpreendidos, seguiram-no porta fora. O que quereria aquele miúdo mostrar-lhes com tanta urgência?

Sem a menor hesitação, levou-os junto do *Desterrado*.

O *Desterrado* era uma estátua magnífica, em mármore, representando um homem sentado numa rocha, com a cabeça levemente descaída sobre o peito, numa atitude de grande tristeza e abandono. O seu corpo era extremamente belo e comunicava às pessoas uma sensação de perfeita harmonia.

O ciganito aproximou-se e afagou-lhe voluptuosamente o pé.

— Já viram? É tão bonito!

Depois olhou para cada um deles bem de frente e acrescentou:

— Parece verdadeiro. É mais bonito do que se fosse verdadeiro!

E, pegando na mão da Luísa, obrigou-a a tocar ao de leve nas unhas de mármore.

Naquele momento surgiu a tia Inês, muito risonha.

— Olá! Então por aqui? Parece que foram apanhados pelo meu Zé...

O miúdo correu para ela e abraçou-a pela cintura.

— Vai para cima, Zé, tens de acabar o teu trabalho. Já mostraste o *Desterrado* aos meus sobrinhos e eles gostaram muito, não foi? Então agora vai!

Enquanto ele desaparecia a correr pela escada acima, a tia Inês explicou:

— Este pequeno é engraçadíssimo. Estou convencida de que temos aqui um futuro escultor! Tem uma verdadeira loucura por peças de mármore. Quando chega alguém, vai logo a correr mostrar o *Desterrado* mas, como a estátua é enorme e a única coisa que lhe fica bem à altura dos olhos é o pé, mostra só o pé!

— Foi isso mesmo que ele nos mostrou! — disse a Luísa.

— E o mais engraçado é que, sempre que trabalhamos com barro, tenta modelar pés. Trabalha, trabalha e, como não consegue atingir o apuramento que pretende, desespera-se e desmancha tudo. No outro dia, apanhou-nos distraídas, e sabem o que fez?

Descalçou-se e meteu os próprios pés dentro do barro!

— Porquê? Julgaria que serviam de molde? — perguntou a Teresa, com ternura.

— Se calhar! É tão engraçado trabalhar com estes miúdos! Por mais que a gente conheça as crianças, elas acabam sempre por nos surpreender.

E, após breve pausa, a tia perguntou:

— Mas o que é que os trouxe por cá, afinal?

Um pouco corado, o Pedro balbuciou a história da reportagem noturna... e, para alívio de todos, não houve problema nenhum.

— Tu e o Chico querem fazer uma reportagem noturna? Vão, vão, meus filhos! Deve ser muito interessante. Eu tenho de voltar lá para cima, mas vocês, se têm tempo, não se vão embora sem ver o museu, que vale a pena.

Capítulo **12**

«Vigilância noturna»

— É sempre assim! — resmungou a Luísa, virando-se na cama. — São sempre os rapazes que têm sorte!

— Sim... sim...

— Estás a ouvir, Teresa?

— Estou.

— Não te apetecia estar lá dentro dos armazéns a vigiar?

— Apetecia.

A Luísa sentou-se na cama, irritada.

— Pois olha, não parece!

A Teresa fechou o livro que estava a ler, deixando um dedo no meio para não desmarcar.

— De que é que serve estares agora com isso? Tirou-se à sorte, não tirou? Não tivemos sorte, paciência!

— São sempre os rapazes... — insistiu a Luísa, amuada.

— Isso não é verdade. O João está lá dentro a dormir. E a Rita foi!

— Mas eu também queria ir!

— Tomara que tivesses ido! Assim já eu podia ler este livro à vontade! Que chata!

— O que é que estás a ler, afinal?

— É um livro giríssimo, uma viagem no tempo. Adoro ler histórias passadas noutras épocas... e esta é empolgante.

— Empolgante deve ser o que eles estão a viver lá no armazém do vinho do Porto!

Com um suspiro, a Luísa deitou-se outra vez. Fechou os olhos e pôs-se a imaginar o Pedro e o Mário, agachados atrás de pipas, à espera de verem aparecer os ladrões com ar furtivo...

«Será que arranjaram facilmente um esconderijo?», pensou.

O esconderijo não tinha sido muito fácil de arranjar. E eludir a vigilância dos guardas, ainda pior! Mas o Pedro e o Mário não desistiam às primeiras. Agachados num canto escuro, mantinham-se de olhos bem abertos. Se os ladrões aparecessem, não lhes podiam escapar. Dali abarcavam uma área muito razoável da garrafeira do vinho velho...

— Já me doem as pernas de estar assim dobrado — queixou-se o Pedro.

— Este cheiro deixa-me um bocado tonto! Oxalá que apareça alguém.

— Estou morto por entrar em ação.

«Tac... Tac... Tac...» Passos cadenciados soavam no lajedo.

— Vem aí alguém! — sussurrou o Pedro.

— Schut!

«Tac... Tac... Tac...»

— Estão a aproximar-se!

— Serão dois ou mais?

— Seja como for, temos de chegar para eles! — declarou o Pedro em voz baixa mas firme.

— Mas não te precipites. Temos de os apanhar em flagrante!

Com o coração a bater, descompassado, apuraram o ouvido. Mas o ruído dos passos cessara.

— Mário! Eles pararam. Achas que já estão a tirar garrafas? — perguntou o Pedro ao ouvido do outro.

— Não sei. Vou-me esgueirar para o corredor. Daqui não se consegue ver nada.

— Eu vou contigo!

— Não! Espera!

O Mário esticou o corpo com precaução, gatinhou em frente e desapareceu na escuridão.

O Pedro, com os músculos retesados em posição de alerta, esperou uns segundos. Os ruídos que lhe chegavam eram confusos. Não percebia o que se estava a passar.

Impaciente, levantou-se cosendo o corpo com a parede.

«Se não me mexo, estoiro!», pensou.

Nisto, uma grande sarrafusca fê-lo dar um pulo para o corredor.

Um grito rouco ecoou pelo armazém.

— Pedro! Uiii!

«É o Mário! É o Mário», pensou, sem saber o que fazer. Mas chamando a si toda a coragem avançou resoluto na direção do grito. Com uma força bruta, alguém lhe desfechou então um golpe na cabeça.

«Estou tramado! Apanharam-me!», pensou ainda, antes de perder os sentidos.

O Chico e a Rita, cá fora, já desesperavam de que acontecesse alguma coisa. Estavam fartos de andar de um lado para o outro, com o *Boxie* a farejar todos os cantos.

Levantara-se um ventinho agreste, que espalhava no ar forte cheiro a maresia. Não se via ninguém por ali. Gaia em peso parecia dormir.

— Parece que desta vez não temos sorte... — suspirou o Chico. — E estou a ficar cheio de fome.

— E eu cheia de frio.

— Se fôssemos procurar algum café que fique aberto até tarde?

— Ó Chico! Acho melhor não sairmos daqui!

Inesperadamente, o *Boxie* começou a ladrar muito agitado. Logo de seguida apareceu um grupo de homens ao dobrar da esquina.

O Chico puxou a Rita violentamente por um braço e esconderam-se ambos atrás de um velho portal de madeira.

— *Boxie*! — chamou a Rita baixinho.

— Schut! Cala-te!

O *Boxie* ignorou o apelo da dona e avançou para os homens, a rosnar.

Um deles, bastante mal-encarado, cuspiu-lhe uma beata em cima.

— Raça de cão...

O *Boxie* afastou-se mas voltou à carga, tentando morder-lhe as pernas. O homem ferrou-lhe um pontapé e gritou:

— Desanda daqui, cachorro mal aviado!

Ganindo de dor, o pobre *Boxie* fugiu procurando a dona.

— Estupores! — disse a Rita entredentes.

— Espera, Rita! Ouve o que eles estão a dizer! — ordenou o Chico, encostando a cabeça a uma fenda de madeira.

— Aquele cão era um cão-d'água...

— Hum... deve ser rafeiro. Para andar por aqui sozinho a esta hora!

— Desde o outro dia, já vês cães-d'água em toda a parte — disse outro, batendo com os pés no chão.

— Pudera! Aquele diabo do cão que se atirou ao rio, no outro dia, atrás do nosso barco, ia deitando tudo a perder!

A Rita e o Chico entreolharam-se. Os homens estavam a falar do *Boxie*! Com um pouco de sorte, acabavam por perceber que «negócio» é que ele ia deitando a perder...

«Oxalá que não se vão embora e continuem a conversa!?», pensou a Rita, crispando as mãos na madeira.

— Ouve, Rita! — disse o Chico, aplicando-lhe uma cotovelada. — Ouve!

— Tens a certeza de que é por esta porta que nos trazem hoje as garrafas de vinho velho?

— Tenho, pá! Espera! Tem calma! Estás sempre com a pressa...

— Quero é despachar o serviço! É sempre um bocado arriscado...

— Não corremos risco nenhum! A ronda desta noite está por nossa conta, pá! Sossega!

— A ronda de hoje, e a de amanhã também. Vai ser um fartar vilanagem...

— Está bem, está bem! Mas se vejo isto acabado ainda julgo que é mentira.

Com um arrepio de excitação, a Rita e o Chico viram abrir-se a porta de um armazém...

O processo, afinal, era bem simples! Um grupo de homens fardados, com uma farda castanha e um distintivo dourado na lapela, surgiu de dentro do armazém carregando caixotes de madeira. Os que estavam cá fora receberam a «encomenda» e apressaram-se em direção ao rio.

Tomando todas as precauções para não serem descobertos, a Rita e o Chico seguiram-no à distância. E puderam assistir à cena do «embarque». Os caixotes eram enfiados em sacos de oleado muito grosso, as sacas de oleado fechadas hermeticamente e metidas em redes de pesca... depois, os barcos a remos afastavam-se pelo rio, arrastando as redes mergulhadas na água para não serem vistas.

— Isto é incrível! — exclamou a Rita, assim que os homens desapareceram.

— Incrível e rápido! Os ladrões estão feitos com os guardas, e é uma limpeza!

— Mas são polícias? — perguntou a Rita.

— Não. Não viste que estavam fardados de castanho? Deve ser uma empresa que se encarrega de fazer rondas noturnas.

— Que bela ronda! Muito lucrativa.

— Já sabemos portanto como as coisas se passam...

— Bestial!

— Foi pena serem tantos, senão! — o Chico fez um gesto elucidativo. — Tinha-me atirado a eles.

— E agora?

— Agora esperamos pelo Pedro e pelo Mário. Eles devem estar por aí a aparecer.

— Ai quando os outros souberem que a gente descobriu tudo! — exclamou a Rita.

— Já sabemos como as coisas se passam. Agora é só combinar a melhor forma de os fazer cair numa emboscada...

— Estou morta por que cheguem o Pedro e o Mário! Apetecia-me tanto contar o que vi!

Instintivamente olharam para a porta do armazém. Mas nada.

— Que estranho, já passou da hora que marcámos — disse o Chico, consultando o relógio.

A Rita e o Chico esperaram, esperaram... mas nem o Mário nem o Pedro apareceram até o Sol nascer.

Capítulo 13

Uma experiência nova

Aquela manhã foi vivida numa grande aflição.

O Pedro e o Mário não tinham aparecido, pelo que o Chico e a Rita não tiveram outro remédio senão voltar para casa e contar tudo. Tudo, tudo, não. O Chico considerou mais prudente manter a versão «reportagem». Eles já sabiam exatamente como se processavam os roubos mas, se anunciassem a sua descoberta, corriam dois riscos: um, era de que ninguém acreditasse. Outro, era que a notícia se espalhasse rapidamente e os ladrões desistissem de continuar, pelo menos naquela noite, e assim já não eram presos.

Bastante enfiados, comunicaram então à tia Inês e ao tio Eduardo que o Pedro e o Mário tinham resolvido esconder-se nos armazéns, para fazerem uma reportagem mais completa sobre o vinho do Porto, ficando eles cá fora à espera. E que os dois amigos nunca mais tinham dado sinal de vida.

Os tios ficaram aflitíssimos, e puseram-se a fazer telefonemas para toda a parte. Muito pálidos e olheirentos da noite em claro, assistiram a tudo encolhidos no sofá da sala. As gémeas e o João andavam de um lado para o outro, inquietos. O que seria feito dos seus amigos?

— Ó Eduardo, o melhor é...

A tia Inês não teve tempo de terminar a frase. A campainha do telefone retiniu, e ela precipitou-se a atender.

— Está? Sim... sim... da polícia? O quê? Ah! Muito bem! Vamos já para aí!

— Quem era? — perguntou-lhe um coro de vozes, assim que ela desligou.

Com um verdadeiro alívio estampado na cara, explicou-se:

— Graças a Deus, já apareceram! Foram presos.

— Presos?

— Sim! Os guardas do armazém encontraram-nos lá dentro, julgaram que eram ladrões e levaram-nos para a esquadra. Têm estado a interrogá-los. O Pedro deu o nosso número do telefone, mas não conseguiam ligar para cá.

— Claro, tu não largavas o telefone! — exclamou o tio.

— Ó Eduardo! Então o que é que querias que eu fizesse? Estava a tentar descobrir-lhes o paradeiro...

— Pois sim, filha! Desculpa lá! Estou nervoso e já não sei o que digo.

— Não faz mal! Pronto! Já apareceram, e isso é que importa. Vamos mas é à esquadra buscá-los. Coitados, devem ter apanhado um susto...

— Susto apanhámos nós!

Como não cabiam todos no carro, chamaram um táxi e lá seguiram. Pelo caminho, o Chico sentiu uma tentação fortíssima de comunicar às gémeas o que tinham descoberto. Mas, pensando melhor, calou-se. Mais tarde conversariam.

— Vais muito calado, Chico — estranhou o João. — O que é que tu tens?

— Eu? Nada! Não tenho nada.

— De certeza?

— De certezinha absoluta. Vou a pensar na cena que se segue. Achas que os libertam assim, sem mais nem menos?

— Suponho que sim! — disse a Luísa. — Afinal de contas, eles não fizeram nada de mal.

— Trata-se de um equívoco!

— Claro! Vê-se logo que foi um engano — concordou a Teresa.

— Veremos se a polícia pensa da mesma maneira...

Tinha razão o Chico para duvidar. Os polícias estavam de pé atrás e fartaram-se de fazer perguntas.

A tia Inês foi sensacional. Desenvolveu ali uma discursata imensa, a explicar que eram apenas dois jovens tentando fazer uma reportagem, que um deles era até estudante de jornalismo, como facilmente podiam comprovar, que não tinham nada que ver com os roubos do vinho do Porto, que a polícia fazia melhor em se preocupar com os verdadeiros criminosos e não perder tanto tempo às voltas com estarolices da juventude, sem consequências negativas para ninguém... etc., etc.

Custou, mas acabou por convencê-los da inocência dos presos. E um guarda lá foi, de chaves em punho, abrir-lhes a porta da cela.

Com ar exausto, apareceram junto deles, sem saberem se haviam de se mostrar envergonhados por causa dos tios ou de sorrir com ar superior por terem vivido uma aventura inédita, para impressionarem os amigos.

O Pedro levou a mão à cabeça e não resistiu a dizer às gémeas, que estavam mais perto:

— Levei cá uma traulitada...

O Mário limitou-se a piscar-lhes o olho. Embora estivesse tudo esclarecido, foi preciso ainda preencher uma data de papelada, que demorou bastante. Sentados em bancos corridos de madeira, incómodos como tudo, aguardavam ordem de saída quando surgiram, muito sobranceiros, dois homens fardados de castanho com um distintivo dourado na lapela.

O Chico e a Rita trocaram um olhar rápido, e ficaram alerta.

— Estes senhores — explicou o polícia — fazem parte de uma empresa de segurança, contratada para vigiar os armazéns à noite. Eles é que «pescaram» o seu sobrinho e o amigo, lá no corredor.

«Deixa, que quem não tarda a "pescar" as vossas cargas roubadas sou eu!», pensou o Chico, louco por desvendar ali toda a verdade. «Estes malandros fingem que são guardas, são mas é ladrões e ainda vêm aqui armar...»

A vontade de contar tudo era tão forte, que o Chico mordeu a boca até fazer sangue. Ele bem sabia que ali ninguém lhe daria crédito.

A Rita olhava-o, apavorada.

«Aguenta-te, Chico! Aguenta-te!», pensava aflitíssima. «Se abres a boca, tramas tudo.»

— Pronto! Podem ir embora. Mas não tornem a repetir a graça — disse o polícia, levantando-se.

Resmungando um cumprimento, saíram todos cá para fora e respiraram com volúpia o ar puro e fresco da manhã. Estava um dia tão bonito!

Do outro lado da rua, havia um renque de casas antigas, estreitinhas, com janelas de guilhotina e placas de ardósia que a Luísa não sabia

muito bem se serviam apenas para enfeitar ou se tinham alguma utilidade.

«Não há dúvida de que esta cidade do Porto tem qualquer coisa de especial», pensou.

Dentro de casa, alguém abriu a janela e o vento suave agitou as cortinas da casa branca. Uma imagem divertida atravessou-lhe o espírito.

— Aquela casa está a sorrir para mim!
— O que é que estás a dizer, Luísa? — perguntou a irmã.
— Nada, nada. Estava a pensar alto.
— E o que é que estás a pensar?
— Nada de especial! Não interessa.

A Luísa sorriu, misteriosa. Tinha a consciência de que aquele tipo de reflexões podiam ser giras para o próprio mas, ditas em voz alta, pareciam tolas ou perdiam a magia. Agora uma casa a sorrir!

Voltou-se para trás. E o prédio lá estava, igualzinho ao que era já bem há mais de cem anos. A janela aberta, com muitos vidrinhos quadrados. A cortina agitando-se levemente.

«E no entanto, não há dúvida de que me sorriu mesmo... e agora está até a dizer-me adeus.»

— Luísa! — chamou a tia Inês. — Vamos, filha!

De uma corrida, juntou-se ao resto do grupo. E de novo se dividiram entre o carro e um táxi.

O tio Eduardo despediu-se deles ali, pois já ia atrasado para a farmácia. Mas a tia Inês foi com eles para casa.

— Ora, ora, ora... estes meninos! — exclamou, quando meteu a chave à porta.

— Desculpe lá o susto, tia! — pediu o Pedro muito enfiado.

— Bom, pronto! Não se fala mais nisso agora. Está tudo bem, quando acaba bem!

Despachada como sempre, deixou a carteira na mesa da entrada e dirigiu-se para a cozinha.

— Ó Teresa, vê aí o número de telefone do museu, nesse livrinho amarelo, e telefona para lá, a dizer que previnam as minhas colegas. Vou chegar atrasada...

A Teresa obedeceu prontamente e os outros rodearam a senhora, solícitos.

— Quer ajuda?

— Não, não é preciso, obrigada. Só se quiserem ir pondo a mesa. Vou deixar-lhes aqui um almocinho simpático, para se recomporem: rissóis de camarão com arroz de manteiga. Serve?

— Claro que serve, tia!

— E salada de frutas. Muito saudável. Já está pronta, no frigorífico.

Capítulo **14**

Na Ribeira

Quando finalmente se viram sozinhos, o Chico respirou fundo e apoiou os braços em cima da mesa.

— Tenho uma notícia bombástica para vos dar! — exclamou, saboreando o efeito que as suas palavras iam ter nos amigos.

— Que notícia?

— Eu e a Rita descobrimos tudo.

— Descobriram tudo?

— Tudo o quê?

— Já sabemos quem rouba o vinho do Porto e como o transportam dali para fora — disse a Rita, incapaz de se conter mais tempo.

— Ó Rita! — começou o Mário, com ar incrédulo.

— Ó Rita, nada! Garanto-te que sabemos.

— Deixa-me eu contar! — pediu o Chico.

Com palavras breves, explicou então aos amigos a história toda, tintim por tintim. Assombrados, os outros ouviram o relato sem interromper uma única vez.

— Eu até estou gago! — exclamou o Mário, quando o Chico finalmente se calou.

— E agora? — perguntaram as gémeas em coro.

— O que é que vamos fazer?

— Ainda perguntas, João? Vamos apanhá-los «com a boca na botija».

— Sim. Eles preparam-se para fazer mais um roubo esta noite. Nós ouvimos — disse a Rita.

— Então, logo à noite temos programa!

— E que programa!

— Ao ataque! — gritou o Chico, dando um murro em cima da mesa. — Aqueles gajos da fardeta castanha nem sabem o que os espera!

— Connosco não têm hipóteses! — declarou o João, entusiasmadíssimo. — Somos muitos, e contamos com a ajuda do *Faial*!

— Do *Faial*, do *Boxie*, do *Caracol*...

— Estás a pensar levar também o *Caracol*? — perguntou o Pedro.

— Claro que estou. Ele não pode ficar de fora. Esta aventura vai ser memorável!

— Se vai! Caramba, nem quero pensar!

— Agora é preciso prevenir os meus primos — disse a Rita. — Vou telefonar ao Daniel.

— Então despacha-te, que eu também quero telefonar ao Maurício. Ele previne os outros. Temos de fazer um plano com pés e cabeça.

— O pior é que estou cheio de sono! — disse o Pedro, bocejando. — Não preguei olho toda a noite.

— Se for preciso dormes uma sesta.

— Qual sesta, qual carapuça. Também quero ajudar a fazer os planos. Se não me aguentar, olha! Bebo café!

— Então vais ter de dividir comigo, eu também não dormi nada...

Apesar do cansaço que os invadia, nenhum dos quatro «vigilantes» desistiu de acompanhar os amigos.

A primeira ideia que surgiu foi irem estudar o local de dia, para planearem o que fariam à noite.

— Vamos para Gaia? — perguntou a Teresa.

— Vamos, sim. Mas depois. Primeiro, vamos ver Gaia do lado de cá, para termos uma visão de conjunto — propôs o Miguel, que tinha sido dos primeiros a chegar.

— Podemos até tirar umas fotografias, para depois incluirmos na reportagem — lembrou o Miguel. — Está um dia tão luminoso, que conseguimos umas boas chapas.

— Para ver Gaia do lado de cá, o melhor era ir à Ribeira — disse o Daniel. — Matávamos dois coelhos de uma só cajadada...

— Qual é a tua ideia?

— Não é uma ideia, são duas. Primeiro, observar Gaia. Depois, mostrar a Ribeira a estes amigos que não conhecem o Porto. Ninguém fica a conhecer bem a cidade se não for à Ribeira...

— Então, de que é que estamos à espera? — perguntou o João.

Os outros riram-se com aquela pressa toda.

— Tens razão. O melhor é ir já!

— E os cães? Como é que vão?

— De transporte público não podem ir!

— E de táxi, se calhar, também não.

— Já sei — disse o Maurício. — Nós vamos todos de autocarro. E o Miguel leva o calhambeque com os cães.

— Sim senhor! Agora sou chofer de cães! Fui promovido...

O Miguel instalou-se ao volante. O *Boxie* e o *Caracol* saltaram para o banco de trás. O *Faial*, como era maior, foi acomodado no banco da frente.

Com muitos acenos e latidos, o carro arrancou, atroando a rua com a barulheira infernal do escape roto. O grupo apressou-se em direção à paragem do autocarro.

Mas é claro que o Miguel foi o primeiro a chegar.

— Ei! Estou aqui! — gritou, quando os viu assomar ao fundo da rua.

— Não era preciso dizeres. Tão bem rodeado de cães, descobríamos-te logo! — brincou o Pedro.

— Então isto é que é a Ribeira? A famosa Ribeira?

— É sim senhor.

— A «sala de visitas» da cidade, de que muito nos orgulhamos, nós, os portuenses.

Passeando para trás e para diante, observaram aquela zona, encantados.

Talvez em nenhum outro sítio fosse tão clara e evidente a relação profunda que a cidade tem com o rio.

Construídas há duzentos anos, as casas pareciam prolongar-se pelo paredão, que mergulhava no Douro. Sentados à beirinha, alguns garotos pescavam enguias com um camaroeiro. Uma fileira de tendas exibia frutos e legumes, numa festa de cor.

As arcadas em pedra, as paredes grossas, sólidas, lembravam épocas recuadas. E as marcas de cheias sucessivas, assinaladas por riscos com a data à frente, eram como uma afirmação orgulhosa: o rio pode subir e descer as vezes que quiser, que nós continuaremos aqui.

Num largo pequeno, várias casas tinham sido restauradas, com um trabalho apurado que lhes devolvera o seu antigo esplendor.

— Repara nesta fonte...

— Que gira! É um cubo com pombas. À primeira vista, julguei que fossem verdadeiras!

— Mas não são. Fazem parte da escultura.

— É muito moderna.

— Já agora, podiam ter posto uma fonte antiga!

— Hum... há quem seja dessa opinião, e há quem não seja. Eu, cá por mim, gosto da fonte. É um apontamento da nossa época — disse o Maurício.

— Como se o passado e o presente aqui dessem as mãos — reforçou o Miguel.

— É muito bonita, a vossa Ribeira. Ainda bem que viemos!

— Foi toda restaurada. É pena que noutros sítios do País não façam a mesma coisa.

Devia ser assim em todo o lado! Por fora, mantinham-se as fachadas tal como foram construídas na sua época. E por dentro punham-se todas as comodidades modernas...

— É isso que se faz nos países civilizados!

Os jornalistas, entusiasmados com a conversa, pareciam ter esquecido o motivo que ali os levara.

O Maurício pôs-se a cantarolar:

Eu tenho um amor no Porto
Outro no cais da Ribeira

*A do Porto é a mais linda
É pena ser regateira.*

— Cantas muito bem, ó Maurício...
— E agora, se nos deixássemos de cantorias e fizéssemos o tal plano? — propôs o Chico.
— É isso mesmo. Ora olhem lá para o outro lado do rio: Gaia. Ali está «o local do crime» — disse o Mário baixando a voz.

Capítulo 15

O desfecho

Um nevoeiro aterrador ia envolvendo tudo a pouco e pouco. As casas, as pessoas, desapareciam progressivamente, passando primeiro a vultos, depois a contornos, e finalmente desvaneciam-se.

— Isto parece um filme de ficção científica! — comentou o Pedro.

— Estou cheia de frio! — queixou-se a Luísa.

— Maldito nevoeiro!

— O pior é se não conseguirmos ver os ladrões...

— Ou se eles desistem! Deve ser muito difícil remar sem ver um palmo à frente do nariz!

— Para já, não desistimos, hã?

— Quem é que falou em desistir?

Tinham-se espalhado estrategicamente à volta do armazém. Uns, emboscados atrás do taipal, estavam prontos a saltar sobre os guardas logo que eles entregassem a mercadoria. A ideia era prendê-los no armazém, à vista dos cães.

O João, por ser mais pequeno, tinha recebido uma missão específica: assim que os guardas estivessem presos, ele correria a chamar os barqueiros, fingindo ser filho de um guarda. E tinha de dizer assim:

«Esperem aí! Esperem aí! O meu pai disse para voltarem ao armazém. Eu fico aqui ao pé do barco a guardar as garrafas...»

Com medo de se enganar, o João já repetira mais de cem vezes aquela frase. De vez em quando enganava-se mesmo e dizia disparates como: «Esperem aí! O meu pai disse para voltarem aos barcos! Eu fico aqui ao pé do armazém...»

Por sua vez, a Teresa tinha também um papel importante a desempenhar. Com a mão carregada de moedas, aguardaria junto de uma cabina telefónica que, prudentemente, tinha verificado se funcionava. Logo que se desse o desenlace, ligava a chamar a polícia.

O raio do nevoeiro é que estava a complicar tudo!

— Achas que desistem e não fazem nada hoje?

— O barco estava lá, com os oleados e as redes dentro — lembrou o Chico.

— Talvez não desistam! Vais ver que não desistem. É muita massa que está em jogo!

— Se calhar, o nevoeiro até lhes facilita a vida — disse o Pedro cheio de esperanças.

«Tac... Tac... Tac...» Passos no lajedo aceleraram-lhes o ritmo do coração.

— Lá vêm eles...

— Consegues ver? — perguntou o Chico muito baixinho.

Uma voz rouca atravessou o nevoeiro:

— Isto é que está uma noite!

— Raio de tempo!

— Estou para ver se o chefe não está lá com a grua, para levantar a mercadoria.

O Pedro deu uma cotovelada no Chico.

— Estás a ver? Por trás disto tudo está um chefe...

— E os tipos vão mesmo dar o golpe — disse o Chico com uma comichão na garganta.

— Iam! — respondeu-lhe o Mário, esfregando as mãos.

A operação foi idêntica à da véspera. Através da cortina de nevoeiro conseguiram ver a porta do armazém entreabrir-se... apareceram uns vultos com caixotes, entregaram-nos ao grupo de homens que ali estava, trocando impressões em voz baixa.

Mas os planos tão bem traçados pareceram-lhe ir de repente por água abaixo! Os homens seguiram para a beira do rio, e os guardas... «Schlamp!» Fecharam a porta do armazém e ficaram lá dentro.

— E agora? — perguntou o João.

— Agora? Vamos atuar! Faz a tua parte, João! E vocês sigam-me.

O Chico avançou resoluto e bateu com força à porta do armazém. Tornando a voz mais grossa, gritou:

— Abram! Houve um engano!

Os guardas abriram a porta e... zás! Os rapazes caíram-lhes todos em cima, de surpresa. O *Faial*, o *Boxie* e o *Caracol* pareciam loucos, a ladrar em volta deles... Mas ninguém se tinha lembrado de um pequeno pormenor: os homens estavam armados!

Entretanto, o João já lá ia, aos tropeções, direito à borda do rio.

— Esperem aí! Esperem aí! O meu pai... O meu pai...

Com a atrapalhação tinha-se esquecido da maldita frase que tão bem preparara.

Os homens, que já mergulhavam a rede na água, pararam e olharam-no desconfiados.

— O que é que queres? — berrou-lhe um.

— O meu pai chamou! É guarda! É guarda! É guarda! — foi tudo quanto conseguiu dizer.

— Isto cheira-me a esturro! — disse o remador. — Agarra lá mas é aquele miúdo...

O João recuou uns passos. Estava tramado! E lá de cima que nunca mais vinha socorro! Não teriam conseguido prender os guardas?

Uma ideia genial atravessou-lhe o espírito. E a plenos pulmões gritou:

— Houve uma traição! O meu pai disse que aquele ali chamou a polícia! Foi aquele!

De braço estendido, apontava ao acaso.

Os homens hesitaram um segundo. O remador saltou logo para dentro do barco e tentou afastar-se. Mas os outros, pensando que ele era de facto traidor e que se preparava para fugir, agarraram o barco com força e puxaram-no para terra.

Procurando libertar-se, ele levantou um remo no ar, e zás! Deu uma pancada na mão mais próxima.

Foi quanto bastou para se envolverem todos à pancada!

Às gargalhadas, de nervoso, o João assistiu àquela cena sozinho. E teve de se agarrar ao estômago, que já lhe doía, quando o primeiro... «Plof»! Caiu dentro de água.

— Ah! Ah! Ah!

As sereias da polícia cortaram o ar, com o seu uivo inconfundível.

«UÓÓÓ! UÓÓÓ! UÓÓÓ!»

Dentro da cabina, a Teresa dava saltos de contente.

E aos polícias deparou-se-lhes uma cena incrível no armazém: um dos guardas jazia por terra, com um pastor-alemão em cima, rosnan-

do-lhe junto à cara. Não podia nem fazer um movimento, ou aquelas presas descomunais ferravam-se-lhe no pescoço... Os outros dois, imobilizados por um grupo de rapazes novos que os tinham desarmado, deviam sentir-se bastante ridículos! Um caniche branco, minúsculo, segurava entre os dentes a bainha esfarrapada das calças castanhas de um deles. O outro era constantemente ameaçado pelos latidos de um cão-d'água preto!

— Ora vamos lá ver o que vem a ser isto! — disse um polícia, entre autoritário e perplexo.

— São os ladrões do vinho do Porto... — respondeu-lhe o Pedro.

A notícia caiu que nem uma bomba! Um grupo de jovens tinha conseguido descobrir, sem ajuda de ninguém, quem era a quadrilha que roubava vinho do Porto. Já estavam todos presos. O cabecilha tinha planeado aquilo tudo longamente. Formara uma empresa de vigilância noturna e tinha preparado alguns guardas para darem o golpe.

O transporte não levantava suspeitas, pois tratava-se de um simples barco a remos.

As redes eram conduzidas até um barco maior, que estava ao largo, onde um indivíduo recebia a mercadoria roubada, levando-a para o estrangeiro onde era vendida por bom preço. Apanhar esse barco não foi simples, mas a polícia marítima já tinha conseguido.

A excitação nessa noite e no dia seguinte foi indescritível. Ninguém percebeu porquê, mas fecharam-se todos em casa da tia Inês, recusando-se a ser entrevistados, fosse por quem fosse! O telefone não parava de tocar. Mas a resposta era sempre a mesma.

— Não prestamos declarações à imprensa!

Os únicos a possuírem todas as informações, mais entrevistas detalhadas com fotografias e tudo, seriam o Manel, o Mário, o Miguel e o Maurício!

Meio loucos, não pararam de escrever à máquina até a reportagem ficar pronta, para irem oferecê-la aos jornais. Seria o seu primeiro trabalho publicado. E que trabalho!

Quando eles saíram porta fora, esbaforidos, a Luísa riu-se.

— Oxalá lhes aceitem a reportagem!

— Claro que vão aceitar! É a notícia do dia!

— Aposto que sai hoje mesmo no jornal. Numa edição especial, mais tarde.

— E até saírem, o que é que a gente faz?

— Não podemos ficar para aqui a pasmar!

— Já resolvemos um mistério, podíamos começar a resolver o outro!

— Qual?

— O do túnel.

— Ora, Chico! Já chegámos à conclusão de que o mistério do túnel só se desvenda com a ajuda de especialistas...

— Então, se não vamos para baixo da terra, que tal irmos para cima? — propôs ele.

— Para cima? Para onde?

— Ora! Para a Torre dos Clérigos, como estava combinado!

A ideia agradou a todos. Depois de tanta agitação, ficarem para ali sem fazerem nada era uma verdadeira tortura!

E lá foram para o centro da cidade. O trânsito estava bastante engarrafado àquela hora! Parecia que nunca mais lá chegavam!

O homem da entrada ficou admirado com tanto entusiasmo. Desvairados, vários rapazes e raparigas lançaram-se pela escada acima, como se fossem salvar alguém de um incêndio.

— Ei! Assim cansam-se, e não chegam ao topo! — gritou-lhes.

Mas eles não fizeram caso. Precisavam mesmo de queimar energias.

E subiram... subiram... subiram...

— Safa! Estou tonto de andar à volta!

— Afinal, foi preciso virem amigos de Lisboa para eu subir à Torre dos Clérigos — disse o Daniel.

— Confesso que eu também nunca cá tinha vindo — respondeu o Carlos.

— Pois ainda estavam a tempo.

— Se ficássemos por este terraço? — propôs a Rita.

— Nem penses! Eu quero chegar lá acima.

A Luísa ia à frente. Foi a primeira a debruçar-se no parapeito sobre a cidade. E que linda cidade!

Vista dali, formava um todo harmonioso de casas antigas, de casas modernas, igrejas, praças, jardins. E o rio, o rio Douro sempre presente, eterno, com as suas pontes também antigas e também modernas.

— Gosto muito do Porto!

— E eu também!

— Não te debruces tanto, Luísa, que ainda cais lá em baixo!

— Olha, olha, Rita! Olha lá para baixo!

— O que é?

— Não estás a ver? Parecem quatro tipos a acenar...

— Que horas são? — perguntou o Carlos.

— Porquê?

— Se calhar são eles, e já saiu a edição especial...

— Achas?

— Vamos ver!

— Para baixo todos os santos ajudam!

Numa correria, acompanhada de gritos, desceram vertiginosamente a escada. Mais uma vez, o homem da entrada ficou de boca aberta.

— Esta canalha! São todos doidos! — murmurou, abanando a cabeça.

Cá fora, os quatro jovens jornalistas eram a perfeita imagem da felicidade!

Cada um trazia um jornal, com a «sua» reportagem escarrapachada na primeira página, com fotografias e tudo.

Escusado será dizer que caíram nos braços uns dos outros em efusivas manifestações de alegria.

O que é real nesta aventura?

Para escrevermos este livro fomos ao Porto, cidade que conhecemos bem e de que muito gostamos.

Todos os locais referidos existem, é claro. O mistério do vinho do Porto roubado foi inventado por nós. Mas o mistério do túnel não é invenção, porque o túnel existe na realidade.

Queremos agradecer aqui aos nossos amigos António e Teresa Couto Soares, Ângelo Prata, Alberto e Benedita Solla Prata, que nos levaram lá a ver a entrada e nos contaram como é por dentro. Porque eles, aqui há anos, organizaram um grupo e exploraram-no até à famosa parede de tijolo!

Não demos as indicações exatas sobre a localização, com receio de que os nossos leitores, entusiasmados, se fossem lá enfiar e lhes acontecesse alguma coisa.

Mas aqui fica um desafio aos especialistas! Será que o túnel passa mesmo por baixo do rio? Terá sido por aí que entraram os soldados que venceram Soult?

Ana Maria Magalhães
Isabel Alçada

Um aventura na Torre dos Clérigos

Os 250 anos da Torre dos Clérigos
Uma história para a festa

A Torre dos Clérigos completou 250 anos de vida.

Resistiu ao tempo, continua linda e serena, a apontar ao céu e a lembrar com uma ponta de orgulho «quem olhar para mim, pensa no Porto. Tornei-me um símbolo da cidade».

Ora, um monumento lindo, que presenciou momentos extraordinários ao longo de séculos, estabeleceu e estabelece com a gente da terra e com os visitantes uma relação especial, luminosa e terna, se faz anos merece uma grande festa e os mais variados tipos de comemorações. Assim o entendeu o responsável pela torre, que é presidente da Irmandade dos Clérigos, o padre Américo Aguiar. Além de tudo o que resolveu organizar, quis também uma história escrita por nós. Quando nos fez o desafio, ficámos encantadas. Antes de deitarmos mãos à obra, recolhemos informações escritas, fotografias, filmes e se já estávamos entusiasmadas, ficámos entusiasmadíssimas, pois essas consultas reservavam-nos surpresas engraçadas. Mas, como é habitual, revisitámos o espaço para o ver «com olhos de aventura».

Subimos de novo os 240 degraus que conduzem ao topo, de tal forma atentas ao que nos rodeava que nem sentimos o cansaço, e foi um prazer imenso desfrutar a vista deslumbrante que a última varanda oferece. Impossível não pensar no artista, no grande arquiteto Nicolau Nasoni, e na alegria que sentiu vendo a sua obra tomar forma. Imaginámos o que nos diria se pudesse estar ali a conversar connosco e, mesmo antes de combinarmos, já ambas tínhamos resolvido que, de uma forma ou de outra, entraria na história, a que demos o título de «Badaladas misteriosas». E que entendemos dever acrescentar ao livro Uma Aventura no Porto, porque, afinal, lhe pertence e porque a capa já celebra a Torre dos Clérigos há anos sem fim.

Ana Maria Magalhães
Isabel Alçada

Badaladas misteriosas

Os quatro estudantes de jornalismo que tinham acompanhado a aventura no Porto fizeram questão de convidar as gémeas e os amigos para almoçar num bom restaurante da baixa. Eles aceitaram, convencidos de que falariam todo o tempo sobre o mistério que tinham acabado de descobrir com tanto êxito, mas afinal à sobremesa já os quatro portuenses abordavam um novo mistério, desta vez relacionado com a Torre dos Clérigos.

O primeiro a falar no assunto foi o Manuel.

— Sabem que os sinos da torre agora tocam a meio da noite sem ninguém perceber porquê?

Os colegas, Mário, Miguel e Maurício, que tinham escolhido gelados, engoliram rapidamente os últimos pedaços e acrescentaram pormenores intrigantes.

— O mais extraordinário é que o fenómeno acontece sempre e só no dia 2 de cada mês — disse um.

— Tocam sete badaladas e param — disse o outro.

— A seguir tocam seis e depois só repetem o programa no mês seguinte, no mesmo dia, à mesma hora.

Sorriam, e no sorriso coletivo bailava uma ponta de desafio que as gémeas e os rapazes interpretaram sem a menor dificuldade.

— Estranho — comentou o Pedro.

Chico abanou a cabeça.

— Desculpa lá mas não acho nada estranho. Deve ser alguém que resolveu armar em engraçado, ou fez uma aposta e vai às escondidas tocar os sinos de madrugada.

— O problema é que a torre fica fechada a sete chaves durante a noite e até agora não se encontraram vestígios de arrombamento.

— E chaves falsas?

— Pôs-se essa hipótese. Mas o senhor Fernando, que trabalha lá, até ficou de plantão uma noite inteira a ver se apanhava o possível intruso.

— E então?

— Os sinos tocaram, mas ele garante que ninguém entrou pela porta com chave falsa e ninguém entrou pelas janelas.

— Pelas janelas era difícil, que são altíssimas — comentou o João

— É verdade. Mas já houve pessoas que amarinharam pelo lado de fora da torre, apoiando-se nas estátuas e nos rebordos de pedra como se estivessem a escalar pedregulhos de uma montanha. Alguns, suspensos por cordas. Outros, sem apoio nenhum.

— O primeiro porque foi contratado para fazer um anúncio a bolachas da fábrica Invicta.

— Devem-lhe ter pago uma fortuna.

— Provavelmente. Em todo o caso subiu e as bolachas esgotaram-se em poucos dias.

— Que giro!

— Foi. Parece que assistiram à escalada mais de 150 000 pessoas.

— E a seguir foram todos a correr comprar bolachas?

Maurício riu-se.

— Isso não sei. O que sei é que depois daquela primeira experiência houve vários acrobatas que quiseram fazer o mesmo para mostrar as suas habilidades.

— Quase todos homens, mas também houve duas mulheres a escalar — disse o Miguel. — A Veriman e a Lita.

— Estrangeiras!

— Não, portuguesas. Com certeza usavam nomes artísticos.

Miguel, que estava entretido a enrolar bolinhas de miolo de pão, levantou a cabeça.

— A proeza repetiu-se em dois espetáculos giríssimos: um para festejar os 100 anos do

Jornal de Notícias e outro para festejar os 100 anos da República. Foram contratados atletas que treparam pela torre acima e fizeram os seus números pendurados por cordas e iluminados por luzes coloridas. Eu adorei!

— Há vídeos na Internet com filmes sobre as escaladas. Se quiserem, podem ver.

— Nós queremos — disseram as gémeas.

A conversa tomara outro rumo, e Manuel voltou atrás.

— Bom, está mais que provado ser possível entrar na torre pelas janelas, que não têm vidros. Mas não é qualquer um que o faz.

— Se fosse preciso, eu fazia — gabou-se o Chico.

Os amigos perceberam que ele devia estar a magicar planos chanfrados. No entanto, sabiam que se começassem a dizer «nem penses» ainda era pior. Fingindo não ter captado os seus planos, concentraram-se em busca de alternativas que permitissem investigar sem correrem o risco de verem o Chico cair desamparado no chão.

Pedro remexia no prato de leite-creme com ar pensativo. Tinha resolvido guardar um bocadinho de crosta para saborear antes de sair do restaurante e fazia-a dançar na colher enquanto procurava soluções óbvias para aquela questão. A certa altura julgou ter encontrado.

— Antigamente havia sineiros encarregues de puxarem cordas para tocar as badaladas, mas agora os sinos estão ligados a computadores e a mecanismos automáticos, não é?

— É — disse o Maurício —, está tudo programado para os sinos da Torre dos Clérigos tocarem as horas durante o dia e fazerem soar uma música especial ao meio dia e às seis da tarde. Depois calam-se porque as badaladas nocturnas foram proibidas para não incomodarem quem dorme.

— Se calhar alguém alterou a programação.

— Também se pôs essa hipótese. Os técnicos foram verificar os mecanismos, mas não encontraram qualquer alteração.

— E avarias? — perguntou a Teresa

— Nem uma para amostra — garantiu o Miguel. — O sistema está a funcionar como deve. De qualquer forma, seria bizarro que uma avaria só se manifestasse no dia 2 de cada mês, sempre de madrugada e com a particularidade de fazer soar 7 mais 6 badaladas com pequeno intervalo.

Falara com convicção, esquecendo os restinhos de gelado branco aos cantos da boca, que os colegas também tinham em tons de morango e de chocolate.

Sentados lado a lado, com roupas do mesmo género e expressões idênticas, os jovens jornalistas não pareciam ter apenas nomes começados pela mesma inicial, pareciam quatro irmãos decididos a intrigá-los. E talvez também a sugerir que tratassem eles de desvendar o caso das badaladas misteriosas. Não tiveram de se esforçar muito, porque na cabeça das gémeas e dos três rapazes já se esboçavam mil planos para «assaltar» a torre à noite, no dia seguinte, que fosse por sorte ou por azar, calhava ser dia 2. Os planos variavam, uma coisa, porém, todos queriam: atuar sozinhos. Por isso não abriram o bico senão em casa, trancados no quarto.

As propostas sucederam-se, algumas disparatadas, outras impossíveis de pôr em prática. Não faltou risota e sobraram gargalhadas que muito excitaram o *Faial* e o *Caracol*. Para alinharem na alegria dos donos, ambos soltaram latidos breves, estridentes, afirmativos. João afagou-lhes as cabeças e foi prevenindo.

— Tenho imensa pena mas não podem vir connosco. Amanhã ficam aqui sossegados, está bem?

Depois de muito debaterem a melhor forma de se introduzirem na torre e ficarem lá dentro a passar a noite, chegaram à conclusão de que talvez conseguissem usando um velho estratagema que já dera resultado noutras ocasiões: iam entrar e sair tantas vezes que, à hora do fecho, os responsáveis pela portaria julgassem que eles tinham ido embora.

— O truque tem de ser bem feito — insistia o Pedro —, e uma das condições é sermos simpatiquíssimos.

— Claro! Aliás, somos sempre simpáticas — replicaram as gémeas.

— Pois desta vez vão ser encantadoras, raparigas exemplares, sorridentes, que fazem imensas perguntas, umas inteligentíssimas, outras estupidíssimas... só para entreter.

— E como somos iguais, reforçamos a dose — acrescentou a Luísa toda contente.

— Quem dera que o tempo passe depressa, para nos apresentarmos à porta da Torre dos Clérigos.

— E dormirmos lá.

— Dormir, João? Que ideia! Temos de ficar bem acordados até de manhã.

— O problema é que há sinos em vários andares.

— Problema nenhum — respondeu o Chico.
— Espalhamo-nos e vamos comunicando por telemóvel para evitar que o sono ataque.

— Boa! Telemóveis com bateria carregada, não esqueçam.

— E não chega. Temos de ir equipados para outras eventualidades.

— Por exemplo?

— Fome e sede. Convém levar qualquer coisa que se trinque e água ou sumo em garrafas pequenas, que caibam nos bolsos.

— Estou a pensar que, além disso, devíamos levar ferramentas.

— Para quê, Chico?

— Para o que der e vier. Tipo arames, e um alicate forte para abrir portas fechadas ou equivalentes. Um pé-de-cabra, que é multiuso porque dá para tudo, incluindo para nos defendermos se for preciso lutar.

— Lutar?

— Sim. Nós não fazemos a mínima ideia do que acontece na torre, pois não?

— Não.

— Ainda bem. Assim é mais excitante.

No dia seguinte apresentaram-se na porta aberta ao público e compraram bilhetes para a visita à Torre dos Clérigos. Chico transportava uma pequena mochila onde enfiara o pé de cabra e outras ferramentas que lhe tinham parecido indispensáveis. Tencionavam começar logo a fazer conversa com o senhor Fernando, mas ele estava ocupado a atender alunos que tinham vindo com os professores para uma visita de estudo. Interpelaram então um padre novo e de expressão prazenteira, iniciando o interrogatório com uma pergunta desnecessária e que fazia parte do lote de perguntas estúpidas, pois sabiam muito bem a resposta.

— Por favor, a que horas fecha a torre?

— Nesta altura do ano, às 19 horas — respondeu o padre num tom cordial. — Já conhecem, ou vieram aqui pela primeira vez?

Não tiveram tempo de o esclarecer porque um dos professores avançou para ele de braços abertos.

— Padre Américo, que saudades!

Pela conversa perceberam que tinham sido colegas, não se viam há bastante tempo e continuavam bons amigos. O professor mostrava-se contentíssimo, não só com a visita que organizara mas, sobretudo, com o grupo que o acompanhava.

— São alunos fantásticos, sabes? Inteligentes, curiosos, interessam-se por tudo, e agora andam especialmente motivados pelas artes. Têm-me apresentado trabalhos excelentes, por isso não podia deixar de os trazer aqui. Quero que vejam bem e apreciem a elegância e a beleza desta torre que é o símbolo da cidade do Porto.

A cara do padre abriu-se num sorriso de orelha a orelha.

— Espero que lhes tenhas dito que não há nenhuma igual, em parte nenhuma do mundo.

— Claro!

— E que lhes falasses no artista italiano que a imaginou.

— Ó padre Américo, então não havia de falar?

Um dos alunos resolveu meter a colherada.

— Se quer que lhe diga, acho que já ouvimos tantas vezes na aula o nome de Nasoni, Nicolau Nasoni, que temos a sensação de o conhecer desde sempre.

Uma rapariga que se encontrava mesmo ao lado acrescentou:

— Que o conhecemos e anda connosco. Se o visse aparecer de repente não me admirava.

— Aparecer não pode — disse o padre — porque partiu deste mundo há muito tempo. Mas como trabalhou aqui 30 anos e esta é a sua obra-prima, sentimos-lhe a presença.

As gémeas e os amigos, mesmo sem querer, tinham-se distraído a ouvir a conversa porque o entusiasmo daquela gente era contagiante. Só desligaram quando o padre Américo perguntou aos estudantes:

— Querem começar a visita pela igreja e visitar o ossário onde se pensa que repousam os restos mortais do Nasoni?

Todos quiseram e logo desapareceram no interior do edifício colado à torre. Nessa altura as gémeas entraram em ação, por uma vez na vida separadas, tentando que o senhor Fernando não reparasse que eram iguais, para o baralharem melhor. Luísa foi a primeira a falar.

— Podemos subir várias vezes à torre pelo mesmo preço?

O homem ficou perplexo.

— Várias vezes? A torre tem 240 degraus!

— Não faz mal — disse o João —, queremos testar a nossa resistência física!

— Nesse caso, subam. Podem andar para baixo e para cima até à hora do fecho.

Com certa malandrice, acrescentou:

— Se aguentarem!

— Aguentamos, aguentamos! — afirmou o Chico. — Até já!

Esgueiraram-se por entre uma vaga de turistas e iniciaram a subida em passos firmes e enérgicos. A escada de pedra desenrolava-se por ali acima, às voltas, de patamar em patamar. Nas paredes de pedra rugosa havia aberturas de vários tamanhos, umas eram janelas sem vidros, protegidas por grades, outras sem qualquer proteção e outras não passavam de pequenas fendas.

— Ainda bem que isto é arejado! — suspirou a Luísa aliviadíssima. — Assim não sinto falta de ar como quando estou encafuada em sítios fechados!

Apesar do peso que transportava ao ombro, Chico ia à frente e não resistia a debruçar-se sempre que a janela o permitia.

— A vista é um espetáculo!

Deteve-se no terceiro andar à espera dos amigos porque deparou com os primeiros sinos. Dezenas de sinos de vários tamanhos, pendurados em traves de madeira. Ao pé havia um instrumento com teclas amareladas e o conjunto ocupava uma espécie de grande gaiola envidraçada, com porta fechada à chave.

«Para deitar a mão a estes sinos só forçando a porta», pensou, evocando os arames e os alicates que levava na mochila. «Se alguém o fez, trouxe arames e alicates iguais aos meus.»

Quem chegou a seguir foi o Pedro. Como de costume sabia mais do que os outros sobre o que lhes aparecia pela frente.

— Olha um carrilhão.

O Chico ergueu as sobrancelhas numa interrogação muda e o Pedro explicou:

— A esses sinos ligados às teclas por montes de arames chama-se carrilhão. Não servem só para badalar, servem para tocar música, para dar concertos.

— Então talvez não valha a pena vigiar este patamar — concluiu o Chico — porque os jornalistas falaram em badaladas.

— Hum... pelo sim, pelo não, acho que um de nós deve ficar, porque se alguém se meter ali dentro, em vez de usar as teclas pode usar as mãos para tocar um dos badalos.

Encostando a cara aos vidros da gaiola protetora, viu que por trás do carrilhão havia sinos grandes e independentes das teclas e fê-lo notar ao Chico.

— Como vês, não podemos eliminar à partida este patamar.

João surgiu entretanto. Arfava à maneira do *Faial* mais por graça do que devido ao esforço. Atrás vinham as gémeas satisfeitas por não se terem cansado quase nada. Todos juntos continuaram por ali acima, constatando que a escada ia estreitando à medida que se aproximava do topo. A certa altura abria para uma varanda que lhes permitiu dar a volta completa à torre pelo lado de fora, mas bem protegidos, pois a dita varanda tinha muros altos enfeitados por espigões de pedra e por relógios redondos.

— O tal Nasoni era realmente um tipo imaginativo! — comentou o Pedro. — A torre é francamente original.

«Escusava era de ser tão alta», pensou a Luísa, a quem a perspetiva de subir e descer várias vezes 240 degraus começava a parecer uma estafa.

— Falta o último arranque para chegarmos aos sinos do topo — disse o Chico. — Toca a andar!

Afinal viu-se obrigado a uma espera porque a partir dali a escada tornava-se tão estreita que só podia circular uma pessoa de cada vez e vinham alguns turistas a descer. Quando puderam prosseguir, foram dar a um varandim de dimensões mais reduzidas, elegante e com uma vista soberba sobre a cidade e sobre o rio Douro. Já ali tinham estado quando terminara a aventura no Porto, mas agora, com mais vagar, era como se emergissem lá no alto pela primeira vez.

— Lindo! Tudo isto é lindo!

— E sabem uma coisa? Palpita-me que os sinos do topo são os responsáveis pelas badaladas misteriosas.

— Também a mim. Pena é que tenham posto aqui cancelas de ferro fechadas à chave e seguras por correntes para evitar que as pessoas cheguem perto. Se pudéssemos inspecioná-los à luz do dia, aposto que descobríamos o mistério.

— Fantasia tua, Chico! Os técnicos com certeza vieram de dia e não descobriram nada. Por isso preparem-se. Temos de passar cá a noite, o que implica pôr o nosso plano em prática.

Ora, pôr o plano em prática não teve outras consequências para além das dores nos músculos das pernas de tanto subir e descer. As gémeas divertiram-se imenso a inventar perguntas para fazer ao senhor Fernando e aos outros funcionários da portaria. Eles achavam-lhes graça, perceberam perfeitamente que eram duas pessoas, mas tão iguais que as confundiam e perguntavam por sua vez:

— Então, tu és a Teresa ou és a Luísa?

Ambas respondiam verdade ou mentira conforme lhes apetecia e depois riam à socapa cruzando-se na escada.

Pouco antes da hora do fecho, o senhor Fernando teve dúvidas a respeito dos rapazes e raparigas que queriam testar a resistência física.

— Já terão saído? — perguntou aos colegas.

— Sim. Ainda há bocado passaram aí e disseram adeus.

O dia tinha sido de muito movimento, com turistas e visitas de estudo, e ansiavam por ir para casa. Ainda assim o senhor Fernando teve o cuidado de gritar cá de baixo:

— Está aí alguém? A torre vai fechar!

A voz chegou até ao patamar do carrilhão onde o grupo se encontrava cosido com as paredes de pedra. Todos tiveram de sufocar um ataque de riso nervoso, mas mantiveram-se estáticos enquanto ouviam o *schlanc... schlanc* da chave a rodar na fechadura da enorme «porta grade» em madeira escura que fecha o acesso à torre. Esperaram uns minutos para ter a certeza de que se encontravam na mais completa solidão conforme desejavam. Depois a solidão provocou-lhes um calafrio. A noite caía, pelas paredes de pedra rugosa derramava-se uma claridade ténue que provinha do exterior. Os degraus pareciam mais duros e, curiosamente, a existência de sinos protegidos por grades tornava-se inquietante. Para desanuviar, resolveram comer.

— Eu trouxe pão com queijo.
— E eu com fiambre. Queres trocar?

Falar de coisas banais ajuda a descontrair. Sentados lado a lado, muito juntos, foram passando de mão em mão os mantimentos escolhidos e ficaram radiantes porque o João se lembrara de incluir no farnel um pacote de bolachas de chocolate.

— O doce também ajuda a levantar o moral!

Só depois de reconfortados com a refeição improvisada deram início à segunda parte do plano.

— Vou abrir as grades que protegem os sinos para podermos ver qual deles toca e porquê.

Orgulhoso por ter tido o cuidado de levar ferramentas, Chico aplicou-se ao trabalho.

— Vê lá se usas a tua perícia habitual e consegues um arrombamento sem estragos — recomendou o Pedro.

— Vou tentar.

Munindo-se de arames e alicates, escarafunchou, esgravatou, esquadrinhou, revolveu, girou e fez girar as linguetas de ferro com tanta paciência e arte que, de repente, *clic!*, a

porta da gaiola de vidro abriu, puderam aproximar-se do carrilhão e passear por baixo dos sinos. As gémeas, que andavam a aprender piano, sentiram-se fortemente atraídas pelo teclado.

— Apetecia-me imenso experimentá-lo.
— Também a mim. Mas não pode ser.

De lanternas nenhum se tinha esquecido, fizeram incidir os focos para um lado e para o outro a ver se por acaso descobriam alguma geringonça que alguém tivesse decidido ir colocar num dos sinos para fazer partidas à população.

— A quantidade de ganchos, de arames e de sinos não nos permite tirar nenhuma conclusão certa e segura.

— Não faz mal, porque continuo convencido de que os sinos do topo é que são os que interessam.

— Devíamos ter perguntado aos jornalistas.

— Eles se calhar também não sabem e, de qualquer forma, agora já não é possível. Vamos mas é combinar quem fica aqui e quem vigia o último andar.

A decisão não foi pacífica porque todos prefeririam ir para cima, ou talvez no fundo preferissem não se separar.

— Eu tenho que ir tratar da cancela, por isso subo. Quem vem comigo?

— Vou eu — disse o João — e ficamos lá os dois, porque como nesta zona há muito mais sinos, dá jeito ficarem três pessoas de vigia.

O Pedro e as gémeas, embora um pouco contrariados, aceitaram.

— Que ninguém adormeça, hã? Precisamos de mil olhos atentos e espírito desperto para ver o que se passa e acorrer à primeira badalada noturna.

— O.K.

No topo da torre revelou-se tudo mais difícil porque as grades estavam bastante enferrujadas e não valia a pena tentar habilidades com a fechadura.

— Corta a corrente — aconselhou o João. — Depois compra-se uma nova.

De alicate em punho, conjugando forças, suaram bastante mas por fim cortaram uma argola.

— Já está!

A cancela rangeu nos gonzos como se reclamasse por ser acordada do seu longo sono: *rechim... rechim...*

Aquele som metálico e guinchado provocava arrepios, a imponência dos sinos colossais ali pendurados criava um ambiente sombrio, quase aterrador, como se as enormes campânulas pudessem sorvê-los e engoli-los.

— Tenho a impressão de que vou esperar a madrugada no varandim.

— Nem penses, João. Quiseste vir comigo, não quiseste? Então é comigo que ficas.

Sentados no chão do compartimento que remata a obra-prima de Nicolau Nasoni, cruzaram as pernas, encostaram-se às paredes e foram conversando para acelerar a passagem do tempo e combater a sonolência. De vez em quando as gémeas ou o Pedro mandavam uns SMS ou davam-lhes um toque, a que respondiam prontamente. Apesar dos esforços comuns, de madrugada todos cabeceavam e, afinal, dormiam profundamente quando se espalhou por sobre os telhados da cidade do Porto a primeira badalada misteriosa: *Bleim*... Então acordaram os cinco sobressaltados.

— É lá em cima! É lá em cima! — gritou o Pedro.

Ergueram-se de um salto e desataram a correr ainda estremunhados, tropeçando nos degraus. Quanto ao Chico e ao João, que se encontravam mesmo por baixo do sino, tapavam as orelhas com as mãos e arregalavam-se, pois não percebiam que raio pusera o badalo em movimento. Apesar de atarantados, nenhum deles esqueceu a contagem e não tiveram dúvidas, o misterioso «bleim» repetiu-se sete vezes. Já se encontravam reunidos quando sobreveio o silêncio. E em silêncio aguardaram a continuação. Após um breve intervalo, seis badaladas compassadas e ainda mais fortes acordaram não só quem dormia perto mas também quem se encontrava do outro lado do rio, em Gaia, porque o vento soprava naquela direção. Ainda não se tinham refeito do espanto quando as gémeas foram atraídas por um lampejo de luz branca que se esgueirava por entre as pedras do chão.

— Olhem ali!
— O que é aquilo?

Os rapazes já não viram nada porque a luz se desvaneceu. Mas como ambas garantiam que o fenómeno era real e ambas apontavam o lugar exato onde se produzira, o Chico decidiu usar o pé-de-cabra para tentar levantar a pedra. Os outros rodearam-no, ajoelhados, e de olhos postos na fenda que se ia abrindo como por encanto. De súbito, parte da pedra saltou como se fosse uma tampa deixando à mostra uma pequena caixa de metal com duas letras gravadas.

— N e N — leu o João, atónito.
— Nicolau Nasoni — murmurou o Pedro, deslumbrado. — Pelos vistos o mestre deixou um segredo oculto na sua obra-prima.

Emocionados, não se sentiram à vontade para abrir a caixa imediatamente. Em vez disso contemplaram-na a imaginar o artista ali, sozinho, antes da inauguração, feliz e contente, a depositar um segredo entre as pedras que convertera numa torre bela, distinta, diferente. Aquele momento, de convívio imaginário com Nasoni à distância de séculos, resultou numa espécie de momento mágico. Talvez por isso, quando examinaram o conteúdo da caixa, tudo lhes pareceu simples e natural.

— O Nasoni deixou um recado...

— Para festejar os 250 anos da Torre dos Clérigos.

— Passa aí, deixa-me ler outra vez.

Chico fez incidir o foco da lanterna sobre as palavras, Pedro leu muito devagar, saboreando cada uma.

> *A Torre dos Clérigos resistirá ao tempo. Espero que a admirem sempre como merece e atrevo-me a sonhar que alguém se lembre de comemorar a data em que se completarem os 250 anos da sua existência. No entanto, já vivi o suficiente para saber que a memória dos homens é curta. Por isso conto com a memória dos sinos, que é longa.*
>
> *Nicolau Nasoni*

Junto da carta estava aquilo que parecia ser uma pequena pedra negra, facetada, polida e brilhante.

Arrebatados pela descoberta, desceram a escadaria em passo acelerado. Chico usou as ferramentas para abrir os portões. Quando finalmente saíram para a rua o Sol nascia e prometia um dia glorioso. Como a novidade que se preparavam para espalhar aos quatro ventos era uma autêntica bomba, não hesitaram em acordar os amigos jornalistas e a bomba explodiu pouco depois em todas as rádios, televisões e jornais do país inteiro. Surgiram de imediato as mais extraordinárias teorias. Algumas bastante incómodas, porque houve quem os acusasse de terem inventado tudo, de serem uns aldrabões. Mas esses não tiveram outro remédio senão calarem-se quando os especialistas em datar peças antigas verificaram que a carta de Nasoni tinha sido escrita na época em que viveu, o século XVIII, e que a assinatura não deixava lugar a dúvidas, fora ele próprio a traçar as letras do seu nome. Quanto à peça, que tinham julgado ser uma pedra preta, intrigou ao máximo a comunidade científica, porque afinal tratava-se de um minério desconhecido. E então, se todos os que tinham classificado as gémeas e os amigos de aldrabões emudeceram de vez, os que tinham acreditado neles nunca mais se calaram e surgiram tantas e variadas interpretações que se organizaram debates sobre o tema em todos os canais de televisão.

Geralmente, convidavam-nos a contarem outra vez como se tinham introduzido na torre, e pediam que descrevessem a luz a pairar sobre a pedra, e o que tinham sentido ao se depararem com a caixa de todas as interrogações. Eles aceitavam os convites, mas só podiam relatar factos porque não faziam a menor ideia de qual era a verdadeira explicação para os estranhos fenómenos.

O debate mais engraçado realizou-se nuns estúdios da televisão do Porto e contou com a presença deles e do responsável pela Torre dos Clérigos, que era o padre Américo. Só quando se encontravam no estúdio em pleno debate é que perceberam que a jornalista encarregue de dirigir o programa autorizara o público presente a intervir. E pelos vistos havia gente convencida de ter encontrado a única explicação possível para as badaladas misteriosas.

A primeira pessoa a pedir palavra foi uma mulher de meia-idade, muito magra, vestida de branco e de cabelo curto quase branco. Começou num tom solene.

— Chamo-me Adosinda Reis, e faço parte de um grupo que estabelece contactos com espíritos que já partiram deste mundo. Por várias vezes falámos com Nicolau Nasoni, de quem somos grandes admiradores. Ele realmente deixou a carta na torre, mas isso foi apenas uma brincadeira de artista. Porque ele próprio veio em espírito fazer soar as badaladas misteriosas.

O padre disfarçou um sorriso incrédulo. A jornalista que conduzia o debate manteve-se impávida e perguntou:

— Está a falar do fantasma de Nasoni?

Não deixara transparecer o que pensava nem pela expressão nem pela maneira de falar. Ainda assim, Adosinda mostrou-se ligeiramente irritada.

— No meu grupo nunca se usa a palavra fantasma. Falamos de espíritos. Não os vemos, mas estão entre nós. E são fortes.

Respirou fundo e declarou muito séria:

— O espírito é muito mais forte do que a carne. Nicolau Nasoni, que é um espírito superior, não tem dificuldade nenhuma em movimentar os sinos sempre que quiser. E digo mais. Fê-lo no dia 2 de cada mês porque nasceu no dia 2 de junho e quis assinalar o seu aniversário. Quanto ao número de badaladas, nada mais simples e evidente.

Desta vez nem a jornalista conseguiu conter um olhar interrogativo.

— Sete são as letras da palavra Nicolau. Seis são as letras da palavra Nasoni.

Terminara com ar de triunfo, mas, quando interrogada sobre o minério desconhecido, encolheu os ombros:

— Em questões espirituais, os minerais não interessam nem muito nem pouco.

Na assistência soaram algumas gargalhadas e um dos outros participantes aproveitou para lhe arrebatar o microfone e tomar a palavra sem pedir autorização.

— Lamento, dona Adosinda, mas na minha opinião, e na opinião do grupo a que pertenço, as suas interpretações são um perfeito disparate. A chave desta história está precisamente no minério agora entregue a um laboratório de reputados cientistas para que o estudem. Será muito interessante ouvi-los quando divulgarem as suas conclusões. Que não serão surpresa nem para mim nem para os membros da minha associação.

A jornalista interrompeu-o a fim de esclarecer o público.

— Agradecia que nos dissesse o seu nome e o da associação a que pertence.

O homem empertigou-se, cofiou o bigode grisalho, ajeitou os óculos.

— Chamo-me Juvenal Olímpio e sou presidente da associação CCET, que significa contactos com extraterrestres.

O padre baixou as pálpebras e cruzou olhares com o Chico, que estava perdido de riso não só por causa do que o homem dizia mas também pelo aspeto um pouco exótico da sua fisionomia e da vestimenta.

— Toda a gente sabe que os grandes génios, capazes de alterar o destino da humanidade, estabeleceram contactos com seres vindos de outras galáxias.

Erguendo os braços, continuou o seu discurso elevando o tom de voz, num entusiasmo crescente.

— Foi o caso de Leonardo da Vinci, porque nenhum homem alcançava tanta sabedoria em áreas tão diversas se não lhe fossem dadas a conhecer civilizações avançadas que povoam o universo. E ele é só um exemplo, porque entre sábios e artistas houve muitos outros a terem esse privilégio e um deles é o nosso Nasoni. Sei que nasceu na Itália, mas digo «nosso» porque viveu aqui no Porto, no norte, onde deixou a marca da sua passagem nas mais belas fontes, nos mais belos palácios, nas mais belas igrejas. E o seu estilo é inconfundível. Quem aprendeu a identificá-lo, se pousar os olhos numa fachada de sua autoria, logo lhe vem à mente o nome do autor, Nasoni.

A assistência estava tão surpreendida que mal respirava. E a jornalista deixou-o continuar:

— Obviamente o minério desconhecido veio de outro planeta. Quem lho ofereceu, ajudou-o a programar este evento. Talvez de facto o dia escolhido corresponda à data de nascimento de Nasoni e o número de badaladas às letras do seu nome, por que não? Mas a missão do minério oculto era entrar em ação 250 anos depois de concluída a torre para que os sinos lembrassem a data e se realizassem festejos condignos.

Deixou a frase em suspenso como se hesitasse em apresentar a revelação seguinte. Acabou por fazê-lo dirigindo uma pergunta à assistência:

— Já se deram ao trabalho de pensar por que razão a torre tem aquele formato? Por que motivo é esguia, afunila no topo, aponta para o céu?

Como ninguém reagiu, declarou impante:

— O modelo é muito elaborado e muito decorado mas reproduz fielmente o desenho de um foguetão!

Impossível descrever o burburinho que se gerou no estúdio, com pessoas a rir, outras a discutir, outras a barafustar. A jornalista bem pedia ordem, mas não lhe obedeciam. Quem acabou por se sobrepor foi um velho de barbicha espetada e olhar arguto que vestia camisola azul.

— O amigo Juvenal disse coisas muito certas e coisas muito erradas. Entre as primeiras, o efeito do minério. Entre as segundas, a referência a extraterrestres, que, se existem, nunca se deram a conhecer. Quem produziu a peça que neste momento se encontra em laboratório foi um ser humano, um alquimista.

Virou-se para a assistência e prosseguiu acompanhando o raciocínio com gestos largos e expressivos.

— Os alquimistas procuravam a fórmula secreta para transformar pedras em ouro, não é verdade? Nunca encontraram a dita fórmula, mas das muitas experiências que fizeram obtiveram resultados inesperados. Na minha humilde opinião, Nasoni há de ter conhecido um alquimista e prepararam juntos esta interessante chamada de atenção para os 250 anos de uma obra notável. Quem for bom observador facilmente descobrirá muitas semelhanças entre os elementos decorativos da torre e os instrumentos de trabalho dos alquimistas.

Terminara respirando com dificuldade. A jornalista quis dar-lhe tempo para se recompor e dirigiu-se à assistência:

— Já ouvimos três teorias diferentes e muito curiosas. Falta ouvirmos o último elemento do público que se inscreveu para falar. Mas antes gostaríamos de saber o nome do senhor que referiu os alquimistas e qual a associação a que pertence.

— O meu nome é Alberto. A respeito do grupo a que pertenço nada posso dizer porque se trata de uma sociedade secreta.

— Muito bem. Então passamos a palavra ao último inscrito. Doutor Zeferino, quer ter a bondade de nos dizer o que pensa de tudo isto?

O homem que respondeu também usava óculos e barbicha, sem no entanto evidenciar qualquer tipo de exotismo na figura ou no traje vulgaríssimo de fato e gravata. Falou pausadamente e tão baixo que foi necessário pedir-lhe para ajeitar o microfone.

— Já se ouve? — perguntou.
— Sim. Por favor, diga-nos o que pensa.
— Penso que tudo isto não passa de fantasia. Nicolau Nasoni foi um grande artista e os artistas gostam de ser originais. Deixou-nos uma carta, que, como qualquer documento histórico, deve ser entregue numa biblioteca ou num museu para que o público possa consultá-la. Quanto à pedra preta ou pedaço de minério, só pode ter sido objeto de estimação ou talismã do nosso artista, eventualmente uma lasca de meteorito que tenha caído na torre.
— E as badaladas?
— São fruto do eterno desejo das pessoas, que anseiam por maravilhas inexplicáveis e sobrenaturais. Provavelmente houve alguma anomalia nos mecanismos que acionam os sinos da Torre dos Clérigos, ou qualquer fenómeno perfeitamente natural que por acaso ocorreu no

dia 2 e se repetiu com as mesmas características. São coisas que acontecem a cada passo e ninguém nota, a menos que se relacionem com obras ou personalidades notáveis, conforme é o caso.

Curiosamente a assistência, que tanto se agitara e até barafustara contra a bizarria das justificações anteriores, mostrou-se desconsoladíssima com o apelo ao senso comum, que eliminava o mistério e punha ponto final na excitação coletiva. A jornalista aproveitou a acalmia para pedir ao responsável pela Torre dos Clérigos que fizesse os seus comentários e encerrasse o programa. O padre Américo ajeitou o microfone que tinha na frente com o sorriso largo e amigável de quem está satisfeito. E isso mesmo afirmou de imediato.

— Estou muito contente com o interesse que toda a gente demonstra por esta obra magnífica e singular que é a Torre dos Clérigos. Alegra-me que neste momento se fale em toda a parte do grande artista que foi Nicolau Nasoni. Aproveito para lembrar que, embora o seu talento fosse reconhecido pelas famílias de grandes fortunas que lhe encomendaram os mais belos palácios, quis trabalhar de graça para a Irmandade dos Clérigos. E trabalhou durante 30 anos. Projetou a igreja, o hospital, a torre, acompanhou as obras, fez esculturas, tratou da decoração, sem receber qualquer pagamento. Não foi apenas um grande artista, foi também um homem bom, um homem generoso. Se deixou uma carta, o menos que podemos fazer é responder-lhe. Tal como Nasoni desejava, a Torre dos Clérigos tem sido admirada como merece e até se tornou o símbolo vivo da cidade do Porto. Quanto ao sonho, vamos torná-lo realidade, organizando eventos para comemorar os 250 anos da inauguração.

Toda a gente aplaudiu e o programa terminou numa atmosfera de concórdia e de aprovação ruidosa. À saída, porém, formaram-se logo grupos a tomar partido pelas diferentes teorias apresentadas:

— Eu cá por mim aposto nos extraterrestres. Porque não tem qualquer sentido sermos os únicos habitantes do universo.

— Também acho. Mas parece-me que se viessem à terra não iam falar só com génios.

— E por que não? Se pertencerem a civilizações avançadíssimas talvez achem inútil conversar com pessoas vulgares.

— E tu és uma pessoa vulgar?

— Eu adorava era ser alquimista. Adoro sociedades secretas.

— Eu adorava ver fantasmas.

— Ei... se a Adosinda te ouvisse, ficava fula. Não são fantasmas, são espíritos fortes que continuam entre nós, mas invisíveis.

— E talvez um deles volte no próximo dia 2 para fazer soar as badaladas misteriosas.

— No dia 2 ou noutro dia qualquer, porque se for uma avaria no mecanismo, não escolhe datas.

— Essa hipótese da avaria não tem a menor graça. Não explica nada e desfaz o encanto.

— Sabem o que vos digo? Teorias há muitas, mas este mistério vai ficar por desvendar e tenho pena.

Caminhavam lado a lado, nas ruas quase desertas àquela hora tardia. Como os vários grupos foram dispersando, a partir de certa altura começaram a ouvir apenas o som dos seus próprios passos. A cidade encontrava-se envolta numa camada fina de nevoeiro que desenhava um halo de luz em torno das lâmpadas dos candeeiros e conferia uma beleza algo enigmática às fachadas dos prédios, aos muros e paredes de granito, às pontes, ao rio, naquela noite deslizando sereno e silencioso.

— Afinal mudei de ideias. Espero que nunca se descubra o que provocou as badaladas.

— Porquê?

— Porque em certos lugares é bom haver mistérios que pairam, e o Porto é uma cidade misteriosa.

A Torre dos Clérigos

Símbolo da cidade do Porto

Quem vê uma fotografia ou um desenho que represente a Torre dos Clérigos pensa logo «Porto», pois a torre tornou-se o símbolo da cidade. Explicar porquê pode parecer simples e fácil, mas não é bem assim. Há razões evidentes: ser bonita, estar situada no centro histórico, ter muitos anos de vida, ter sido durante imenso tempo o edifício mais alto de Portugal, marcar o ritmo das horas com o inconfundível toque dos sinos, destacar-se na paisagem como flecha elegantíssima a apontar o céu. Tudo isto é verdade. No entanto, o facto de reunir estas e outras qualidades não chega para justificar plenamente a ligação que se estabeleceu entre a cidade do Porto e a sua torre. Na adoção de um símbolo há sempre motivos que permanecem inexplicáveis e talvez até sejam esses os mais importantes porque emocionam as pessoas a ponto de lhe conferirem estatuto especial e de o reconhecerem como elemento identificativo do lugar a que pertence.

Vale a pena conhecer a história da Torre dos Clérigos

Tem a sua graça pensar que o local onde hoje se ergue a torre era há 300 anos um terreno livre, coberto de ervas daninhas, e fora das antigas muralhas que protegiam a cidade desde o tempo do rei D. Fernando. Para ali se escaparam certamente muitas crianças que queriam brincar à vontade, mas com certeza evitavam a zona que tinha o nome de «Campo das Malvas» porque, como era ali que se sepultavam os condenados à forca, talvez se tornasse um pouco assustador. Esse campo acabou por dar origem à expressão «mandar às malvas», que as pessoas, sem saberem porquê, ainda hoje utilizam quando querem mandar alguém desaparecer-lhes de vista.

No tempo em que o Porto ainda era uma cidade pequena à beira do rio Douro, existiam várias associações que se dedicavam a ajudar os pobres e os doentes. Três dessas associações ocupavam-se dos homens que tinham seguido vida religiosa, os clérigos, mas só dos que precisavam de ajuda por viverem com muitas dificuldades. Ou seja, apoiavam os clérigos pobres. Essas três associações eram a Confraria de S. Pedro, a Confraria de S. Filipe Nery e uma das secções da Misericórdia do Porto.

No ano de 1642 juntaram-se e formaram a Irmandade dos Clérigos. Durante quase 100 anos funcionaram sem ter uma sede própria.

Em 1731 D. Jerónimo de Távora e Noronha, que desempenhava as altas funções de deão na Sé Catedral do Porto e era presidente da Irmandade dos Clérigos, conseguiu aquele terreno que se encontrava disponível para que ali se construísse a sede, que deveria incluir uma igreja e um hospital.

Nesse tempo vivia no Porto um artista italiano chamado Nicolau Nasoni, homem de vários talentos que projetava edifícios lindíssimos, fazia pinturas e esculturas maravilhosas, sabia decorar palácios e igrejas com arte. Homem generoso, pois quando o convidaram a imaginar os edifícios para a Irmandade, aceitou o convite, mas como sabia que a Irmandade se ocupava a apoiar os mais pobres, quis trabalhar de graça. Trabalhou com amor e entusiasmo, desenhou edifícios notáveis e fez questão de acompanhar as obras para ver se ficava tudo a seu gosto.

Primeiro construiu a igreja. A primeira pedra foi lançada no dia 2 de julho de 1732. A partir de então foram-se erguendo as paredes, os tetos, os altares, ao ritmo lento da época, em que tudo exigia esforço físico e trabalho manual. A 28 de julho de 1748 celebrou-se finalmente a missa da inauguração. Ainda faltavam alguns pormenores, que ficaram prontos dois anos depois.

Concluída a igreja, tratou-se da construção das salas de reuniões da Irmandade e do hospital. Só em 1754 se decidiu acrescentar a bela torre desenhada por Nasoni. Durante nove anos os pedreiros trabalharam arduamente, sempre orientados por ele, que também talhava com as suas próprias mãos belas estátuas e belos ornamentos em pedra para decorar a sua obra-prima, que demorou nove anos a ficar pronta.

A Torre dos Clérigos, que a todos encantou, foi inaugurada no dia 22 de abril de 1763. Os portuenses assistiram felizes da vida, não se cansando de lembrar uns aos outros: «é a torre mais alta de Portugal».

O conjunto completo dos Clérigos — igreja, salas, hospital e torre — exigiu 30 anos de obras, que decorreram quando se encontrava no trono o rei D. João V, e depois da sua morte (em 1750), o rei D. José I.

Bilhete de Identidade da Torre dos Clérigos

Local onde se ergue: antigo Campo das Malvas, hoje Rua dos Clérigos, no centro histórico do Porto.

Materiais utilizados na construção: granito e mármore.

Forma: Quadrangular com cantos arredondados.

Altura: 75 metros.

Espessura das paredes: 2,20 metros ao nível do primeiro andar.

Número de degraus da escada: 240.

Número de andares: 6.

Varandas: 2.

Relógios: 1 relógio com 4 mostradores, um em cada face da torre.

Sinos grandes: 8 no 3.º andar. 4 no último andar.

Sinos do Carrilhão: 49, de vários tamanhos.

Peso dos sinos do carrilhão: 10 toneladas.

Controlo automático do carrilhão: computador ligado a um relógio atómico Europeu.

Música do carrilhão: Todos os dias um apontamento musical para assinalar as 12 horas e as 18 horas.

Elementos decorativos do exterior

1.º andar (sobre a porta) — Imagem de S. Paulo assente num medalhão onde se encontram gravadas frases da carta de S. Paulo aos romanos.

2.º andar — Janelas com grades nos 4 lados da torre.

3.º andar — Janelas com sinos nos 4 lados da torre.

4.º andar — Varanda ricamente decorada com vasos de onde saem chamas, a que se dá o nome de fogaréus. Mostradores de relógios nos 4 lados da torre.

5.º andar — Varanda protegida por balaustrada e decorada com fogaréus.

6.º andar — Janelas com sinos nos 4 lados da torre.

Remate — Cúpula em forma de bolbo decorada com fogaréus nos 4 cantos e uma esfera metálica onde se ergue uma cruz.

Curiosidades da Torre dos Clérigos

Escaladas pelo exterior da torre

1917 — «Um chá nas nuvens»

Embora possa parecer surpreendente, já houve quem escalasse a torre. A primeira vez que alguém realizou esta proeza foi em 1917 para fazer publicidade às bolachas *Invicta*, que a fábrica não conseguia vender.

Os gerentes da fábrica consultaram um publicitário chamado Raul Caldevilla, que teve uma ideia realmente original: fazer um filme chamado *Um Chá nas Nuvens*. Procurou dois acrobatas da Galiza que ganhavam a vida a exibir-se nas ruas e se chamavam José Puertollano e Miguel Puertollano, porque eram pai e filho. Propôs-lhes que subissem à Torre dos Clérigos, um pelas escadas, o outro escalando as paredes pelo lado de fora. Quando se encontrassem na última varanda tomariam chá com bolachas *Invicta* e toda a operação seria filmada. Eles aceitaram, a notícia correu de boca em boca e, no dia das filmagens, juntaram-se 150 000 pessoas para assistir à perigosa escalada. Felizmente correu tudo bem e o atleta que subiu pelo lado de fora não se limitou ao combinado, pois amarinhou até à cruz do topo onde se pôs a fazer acrobacias. O filme passou no cinema

Águia d'Ouro do Porto, as bolachas esgotaram imediatamente e choveram tantas encomendas que a fábrica teve de contratar pessoal e passou a trabalhar por turnos.

1925 — «Os Lussis e as mulheres acrobatas»
No dia 24 de junho de 1925 os acrobatas Massa Vaz e José da Fonseca, que usavam o nome artístico de «Lussis», foram contratados para participar nas festas de S. João na cidade do Porto com um espetátulo extraordinário: descerem do cimo da Torre dos Clérigos pendurados pelos dentes. Certamente possuíam dentaduras esplêndidas, pois aceitaram o desafio e obtiveram o maior sucesso com a sua proeza, que serviu também para comemorar o centenário da fundação da Faculdade de Medicina do Porto.

Nesse mesmo dia, duas mulheres portuguesas que usavam os nomes artísticos de Veriman e Lita fizeram o percurso inverso ao dos Lussis, escalando a torre pelo lado de fora.

1988 — O Centenário do *Jornal de Notícias*
Em 1988 o *Jornal de Notícias* organizou um espetáculo para comemorar o centenário da sua fundação. O espetáculo incluiu artistas pendurados do lado de fora da Torre dos Clérigos.

2010 – Por ocasião do centenário da Implantação da República, as comemorações incluíram a escalada à Torre dos Clérigos com o êxito de sempre.

Além destes eventos, organizados com determinado propósito, já houve outras experiências realizadas por particulares.

Na Internet encontram-se disponíveis vários vídeos que permitem acompanhar as arrojadíssimas escaladas à Torre dos Clérigos. O filme das bolachas *Invicta* pode ser visto no youtube, onde foi colocado com o nome de «subir a Torre dos Clérigos».

Quem era Nicolau Nasoni

Nicolau Nasoni nasceu a 2 de junho de 1691 em Itália numa localidade chamada S. João de Valdano, que fica a 50 quilómetros da cidade Florença. Foi o mais velho de 9 irmãos. Cedo revelou vocação artística, estudou em Siena e ainda jovem trabalhou na catedral dessa cidade. De Siena passou a Roma e depois à ilha de Malta, onde realizou obras notáveis ao serviço de Grão-Mestre da Ordem de Malta, que era o português D. António Manuel de Vilhena.

Em Malta vivia Roque de Távora e Noronha, que ficou muito impressionado com a qualidade do trabalho de Nasoni e decidiu recomendá-lo ao seu irmão Jerónimo, que tinha o alto cargo de deão na Sé Catedral do Porto.

Nicolau Nasoni foi então contratado para ir trabalhar para o Porto. A ideia agradou-lhe e veio para Portugal mas não se sabe exatamente em que data. O que se sabe é que em 1725 já era o principal responsável pelas pinturas do interior da Sé. O estilo agradou, a beleza de tudo o que saía das suas mãos deslumbrou a sociedade nortenha. Por isso começou a receber muitas encomendas. Os nobres queriam que lhes projetasse palácios e capelas, que se encarregasse da decoração dos jardins e dos solares que possuíam nas quintas e pretendiam remodelar. Os bispos e outros elementos do clero também o chamavam para planear grandes obras de raiz ou remodelar e embelezar edifícios antigos.

Ao longo da vida, Nasoni projetou e executou cerca de 90 obras, espalhando na paisagem do Norte de Portugal marcas inconfundíveis do seu enorme talento. Muitos dos edifícios que projetou estão hoje classificados como monumentos nacionais.

Entre as obras de Nasoni que enriquecem o Porto, além do conjunto formado pela igreja, hospital e a Torre dos Clérigos, contam-se o Palácio do Bispo, a que se chama Paço Episcopal, o Palácio do Freixo, a Quinta da Prelada, a fachada da Igreja da Misericórdia, o Palácio de S. João Novo, a Casa de Ramalde e outros. Em várias localidades do norte podem admirar-se, por exemplo, a Quinta de Santa Cruz do Bispo, a Quinta do Viso e a Quinta de Chantre em Matosinhos, a Igreja Paroquial de Santa Marinha em Vila Nova de Gaia, a Igreja Paroquial de Santiago de Bougado, na Trofa, a Quinta dos Cónegos na Maia, a Quinta de Fofiães, em Leça do Balio, a parte central da casa de Mateus em Vila Real, a decoração da Sé de Lamego e de muitas outras igrejas e palácios.

A vida pessoal de Nicolau Nasoni

Nicolau Nasoni casou em 1729, já no Porto, com uma senhora italiana chamada Isabel Ricciardi. O casal teve um filho, mas poucos dias depois do parto a mãe morreu e Nasoni ficou viúvo. Veio a casar segunda vez com a portuguesa Antónia Mascarenhas Malafaia, de quem teve cinco filhos batizados com os nomes de Margarida, António, Jerónimo, Francisco e Ana. A grande família não o impediu de viajar constantemente pelo norte a fim de acompanhar as suas obras.

No ano de 1743 quis ser admitido na Irmandade dos Clérigos como leigo. Aceitaram-no de braços abertos, sem cobrarem a quota habitual, e muito gratos por ele ter oferecido gratuitamente o seu trabalho para a igreja e a Torre dos Clérigos.

Nicolau Nasoni morreu com 82 anos de idade. Apesar de ter alcançado grande prestígio e de ter servido famílias ricas e poderosas, que com certeza lhe pagaram bem, inexplicavelmente na velhice ficou pobre. Por sua vontade, ficou sepultado na magnífica Igreja dos Clérigos, mas não é possível identificar com precisão o local da sepultura. Pensa-se que os seus restos mortais repousem num dos ossários ocultos no chão das galerias altas, que se encontram à esquerda e à direita do altar-mor da igreja.

O estilo barroco

Na época de Nasoni estava na moda o estilo barroco, que se caracteriza pela procura do excesso, do exagero. As pessoas apreciavam formas volumosas, linhas arredondadas, curvas e contracurvas, tudo o que desse a impressão de força, de riqueza, em todas as manifestações artísticas.

Nicolau Nasoni seguiu a moda do seu tempo. Por isso desenhava fachadas com grandes janelões, nichos destinados a esculturas de pedra, colunas embutidas nas paredes, as pilastras, e muitos outros elementos decorativos, com destaque para os fogaréus e brasões de armas que encimavam as portas de palacetes e de igrejas. E o resultado era edifícios imponentes, a que nunca faltavam escadarias monumentais, e pátios interiores decorados como se fossem grandes salas de visitas ao ar livre.

Para o interior das igrejas escolhia mármores de várias cores e altares de madeira muito rebuscados e revestidos a folha de ouro, a que se chama talha dourada. As imagens religiosas que esculpia também obedeciam aos modelos do estilo barroco, destinados a surpreender e impressionar.

Tesouros da Igreja dos Clérigos

Altar-mor e imagens religiosas

O altar-mor da Igreja dos Clérigos é um exemplo de decoração barroca com os mármores coloridos e as colunas que formam um trono colossal para a imagem de Nossa Senhora da Assunção, a padroeira. E essa imagem de braços abertos, talhada como se estivesse em movimento, com vestes esvoaçantes e enorme coroa

de ouro, onde pousa a pomba do Espírito Santo, transmite uma invulgar sensação de força acolhedora e protetora. Junto à base das colunas Nasoni colocou as estátuas de S. Pedro e de S. Filipe Nery, também muito expressivas e requintadas.

A Relíquia

No altar-mor da Igreja dos Clérigos encontra-se uma urna de cristal com as relíquias de um santo português, chamado Inocêncio, que nasceu em Barcelos e morreu em França.

Estas relíquias foram oferecidas por um bispo do Porto, D. Tomás de Almeida, que veio a ser o primeiro cardeal patriarca de Lisboa.

As relíquias viajaram de Lisboa para o Porto no navio *Senhor do Bonfim e Nossa Senhora de Oliveira*. Chegaram na noite de 24 de março de 1752 e alguns dias depois foram levadas em procissão para a Igreja dos Clérigos e colocadas no lugar central que ainda hoje ocupam.

A Sagrada Parentela

A Sagrada Parentela é um grupo lindíssimo com figuras que representam a família do menino Jesus. Feita em madeira e pintada a azul, verde, vermelho e folha de ouro, tem o menino Jesus ao centro. A mãe e a avó, ou seja Nossa

Senhora e Santa Ana, à direita, S. José e S. Joaquim, o avô, à esquerda.

Os órgãos

Os dois órgãos da igreja, de tubos pretos e dourados, além de instrumentos musicais são também peças magníficas de escultura barroca.

Os livros de música

Na sacristia estão guardados livros de música com duzentos anos, autênticas preciosidades.

A escadaria e a capela subterrânea

A escadaria monumental que dá acesso à Igreja dos Clérigos é um exemplo muito claro

do estilo adotado por Nasoni. A meio dessa escada encontra-se uma pequena capela subterrânea ou cripta dedicada a Nossa Senhora da Lapa, que tem muitos devotos.

S. Miguel Arcanjo

Uma estátua magnífica de S. Miguel Arcanjo de alguma forma estabelece a ligação entre a igreja, o antigo hospital e a Torre dos Clérigos e parece estar ali há séculos para dar as boas vindas a todos os visitantes.

Escreve às autoras de Uma Aventura

• Qual a tua opinião sobre este livro?

• E sobre as ilustrações?

As opiniões e sugestões podem
ser enviadas para:

fantastico@caminho.leya.com
umaaventura@leya.com